僕は友達が少ない

平坂読

僕は友達が少ない
平坂読 Yomi Hirasaka
【illustrator ブリキ】

隣人部 部員紹介
「あたしも友達がほしいのよ!」
柏崎星奈
《かしわざき・せな》
性格以外はパーフェクト。友達が少ない。
「……どうすりゃ作れるのかなあ……友達」
羽瀬川小鷹
《はせがわ・こだか》
主人公。友達が少ない。

「私は友達と話していただけだ。
エア友達と！」
三日月夜空
《みかづき・よぞら》
容姿以外は色々と残念。
友達が少ない。

楠 幸村
《くすのき・ゆきむら》
後輩。メイド……？
羽瀬川小鳩
《はせがわ・こばと》
小鷹の妹。邪気眼。

隣人部　部員紹介
天才発明家。
しかしてその実態は。
志熊理科
《しぐま・りか》
高山マリア
《たかやま・まりあ》
シスター服を着た幼女。

「腸をブチ撒けろバカキツネ!」
「…………」

隣人部　ある日の部活風景
「無様にのたうち回って苦しんで死ね！」

CONTENTS

僕は友達が少ない

平坂読

MF文庫J

口絵・本文イラスト●ブリキ

プロローグというかキャラの顔見せというかツカミのようなもの

最初に言っておくが、これは幻覚だ。

俺《おれ》たちは南の島に来ていた。

南の島と言っても実際はいろいろあるのだが、まあその単語を聞いて大抵の人が漠然と思い浮かべるような、いわゆるトロピカルだったり綺麗《きれい》な海だったりヤシの実だったりフラダンスだったり常夏で楽園な感じをイメージしてもらえればそれが正解だ。

そんな楽園を俺たち『隣人部《りんじんぶ》』の面々は満喫していた。

ビーチチェアに座《すわ》って日光浴をしながら、俺は浜辺の方に目をやる。

二人の少女が仲良く砂でお城を造っている。

銀髪《ぎんぱつ》にブルーの瞳《ひとみ》をした、白いスクール水着を着た十歳くらいの少女は高山《たかやま》マリア。

見た目通り正真正銘の幼女だが、れっきとした聖クロニカ学園に勤務するシスターであり、隣人部の顧問でもある。

マリア先生より少し年上の、金髪に赤と青のオッドアイの少女のほうは羽瀬川小鳩《はせがわこばと》。

普段はゴスロリ姿の彼女だが、さすがに今は普通の——ではなく布面積がやたら少ないローライズビキニを着ている。

小鳩《こばと》は俺《おれ》――羽瀬川小鷹《はせがわこだか》の実の妹だ。

「あにき。じゅーすはいかがですか」

横から声をかけられてそちらを見ると、パレオの付いた可愛いセパレート水着を着た華奢《きゃしゃ》な美少年がグラスの縁《ふち》にフルーツが飾られたトロピカルな感じのジュースを持って柔らかく微笑《ほほえ》んでいた。

「ああ、ありがとう」

俺はそいつからジュースを受け取り、飲む。

俺のビーチチェアから少し離れたところでは、眼鏡《めがね》をかけた一人の少女が俺と同じように椅子に座《すわ》り、ジュースを片手に本を読んでいる。

髪型はポニーテール、ワンピースの水着の上に何故《なぜ》か白衣を羽織っているその少女の名は志熊理科《しぐまりか》。

読んでいる本はユニコーンガムダン×オヴァンゲリエン初号機のBL同人誌。

「あははっ、それ～♥」

「きゃっ、冷た～い♥」

海の方に目をやると、二人の少女が楽しそうに水をかけあって遊んでいる。

派手な柄のビキニ姿の金髪碧眼《きんぱつへきがん》でスタイル抜群《ばつぐん》の美少女は柏崎星奈《かしわざきせな》。

その相手をしている鋭い目つきの黒髪の少女は三日月夜空《みかづきよぞら》。

夜空が着ているのはなんというかセクシーとかキュートとか萌《も》えといった単語とは無縁の、足から首までを覆い隠す、白と黒の縞模様《しまもよう》のフルボディの水着。

笑顔でキャッキャウフフと戯《たわむ》れる二人の美少女の姿はじつに絵になるもので、見ていてドキドキする。

……なんか一部におかしなところもあったかもしれないが、今の俺《おれ》たちの姿はまさしくリア充（現実《リアル》が充実している人のこと）そのもの。

なんというリア充。

素晴らしきリア充。

「……あはは……素晴らしいなあリア充……楽しいなあアハハ……隣人部《りんじんぶ》の仲間はみんな仲良し……あはははは………」

しかし最初に言ったとおりこれは幻覚である。

「——んぱい。正気に戻ってください先輩。……えい」

ビリビリッ!!

「〰〰〰〰〰〰!?」

俺の全身に電流が走り、朦朧《もうろう》としていた意識は一気に現実へと引き戻された。

ちなみに電流が走ったというのは比喩《ひゆ》ではなく、本当に電流を流された。

目覚まし用スタンガンで俺の身体に電流を流した犯人は隣に座《すわ》っていた。

「ふふふ……一人だけトリップしてラクになるなんてずるいですよ小鷹《こだか》先輩」

制服の上から白衣を着たポニーテールの眼鏡《めがね》っ娘《こ》——志熊理科《しぐまりか》は、どこか狂気を孕《はら》んだ引きつった薄笑いを浮かべて淡々と言った。

「……楽しい幻覚を見ていた……」

遠い目をして俺は言う。

「どんな幻覚だったんですか？」

「夜空と星奈《せな》が二人仲良く笑顔で戯れてた」

「非科学的な光景ですね」

「非科学的とまで言うか……」

しかしまあ、理科の言うとおりだった。

あの二人が仲良く笑顔で遊ぶなどあり得ない。

げんに今だって、

「そろそろ辛くなってきたのではないか？　降参した方が身のためだぞ肉……」

黒髪の美少女——三日月夜空が、血走った目をして言う。

「ふふふ……そっちこそギブアップしたら？　息が上がってるわよ」

金髪の美少女——柏崎星奈《かしわざきせな》が、夜空《よぞら》と同じく血走った目で狂気に満ちた笑みを浮かべる。

そして二人は同時に目の前でグツグツと煮えたぎる鍋《なべ》に箸《はし》を突っ込み、その中に入っていた真っ黒な『何か』を取り出して同時に口に含む。

「うぐ……っ」

「ぐぇ……っ」

どうやらどちらも『ハズレ』だったらしく、二人してカエルが潰《つぶ》れたような声を漏らす。

「か、がぁっ、あぐぁっ、辛っ、うがぁっ！」

夜空が苦悶《くもん》の表情で喉《のど》をかきむしる。

「うう……ぅうぅぅ……甘い……ような、違うような……口の中がねばねばして……喉が腐っていく感じ……キモチ、ワルイ……」

白目を剥《む》いて星奈がダラダラと滝のような涙を流す。

……現実の俺《おれ》たちがいるのは地獄だった。

このイベントが始まる前までは小綺麗《こぎれい》だった洋室。

全部で七人の人間が、部屋の中央に置かれた丸テーブルを囲んでいる。

テーブルの中心には、火にかけられているわけでもないのに真っ黒な中身がぐつぐつと煮えたぎる大きな土鍋《どなべ》。

俺の右隣には理科《りか》が座《すわ》り、左にはシスターの姿をした銀髪《ぎんぱつ》の少女と、ゴスロリ姿の金髪の少女が折り重なるようにして倒れている。

銀髪の少女が高山《たかやま》マリア、金髪の少女が羽瀬川小鳩《はせがわこばと》。

「……お兄ちゃん……お兄ちゃん……悪魔が、悪魔が来るのだ……」

「あんちゃんどいて、そいつ殺せない……」

どちらも悪夢に魘《うな》されているらしく、苦しそうな顔でおかしな寝言を言っている。

理科の隣には夜空。

小鳩とマリア先生の隣には星奈。

夜空と星奈に挟まれるような形で座っているのはメイド服を着た美少年――楠幸村《くすのきゆきむら》。

幸村は黙々と機械的に、箸を鍋と口の間で往復させている。

往復させているだけで、さっきからなにも箸で掴《つか》んでいない。

幸村の目は焦点を失い完全に死んでいた。

「……幸村……お前まで逝ったか……」

沈痛な面持ちで俺は呟《つぶや》いた。

「ほら小鷹《こだか》、お前も食べろ……」

「ふふふ……早くしなさいよね。勝負はこれからなんだから……」

夜空《よぞら》と星奈《せな》がともに目に狂気を浮かべて俺《おれ》に言った。

「うう……」

俺は泣きそうな顔で、自分の手に持った箸《はし》をグツグツと煮えたぎる鍋《なべ》へと伸ばす。

鍋からは甘いような臭いような酸っぱいような、肌がチリチリして目と鼻が痛いような痒《かゆ》いようなとにかく異常な不快感をもたらす異様な臭いが漂っている。

「……なあ、これ本当に毒入ってないんだよなあ……」

「その筈《はず》です小鷹《こだか》先輩……。理科《りか》のポイズンチェッカーはあらゆる毒物を完璧に検出しますから。完璧なはず、ですから……」

自信なさそうに理科が答えた。

俺たちが何をやっているのかといえば——闇鍋《やみなべ》だった。

ことの発端は数日前。

星奈が部室でやっていたギャルゲーに友達が集まって鍋パーティーをするという場面があり、たまたま夜空がそれを見て「一緒に鍋を食べるというのはいかにも仲のいい友達という感じでいいな」と言った。

俺や星奈もそれには同意だった。

そして夜空は、

「友達と鍋をやるときに失敗しないように、この部で鍋の予行演習をしておこう」

など と言い出した。

『放課後にみんなで鍋』というフレーズには正直かなり惹《ひ》かれるものがあり、俺をふくめて部員全員が賛成した。

家庭科室以外で火を使うことは禁止されているのだが、理科が『火を使わなくても食べ物が煮られる土鍋《どなべ》（によく似たハイテク土鍋）』を製作し問題は解決した。

それでどんな鍋をやるか決めるとき、星奈が「闇鍋がいい」と言い出した。

なんでも他《ほか》のゲームでも仲のいい友達数人で鍋をやるシーンがあり、わーわーきゃーきゃー言いながら闇鍋をつつく様子がとても楽しそうだったとか。

それを聞いて俺たちは不覚にも「ちょっと楽しそうかも……」と思ってしまった。

闇鍋に決定後、スープは部員の中で唯一料理ができる俺が担当することになった。

週末、俺は闇鍋用の黒いスープの開発に着手。

闇鍋というのは鍋から食べ物を取るときに部屋を暗くするもので、べつにスープ自体が黒い必要はないのだが、勘違いしていた。

ともあれ俺は、イカスミ、黒胡麻《くろごま》などをベースに、魚介類のダシが効いたちょっとピリ辛で美味しい『黒いスープ』を作り出すことに成功。

週明けの闇鍋パーティー当日、理科の持ってきたハイテク土鍋を使って俺がそのスープを作り、部屋を暗くして各自が持ち寄った食材をいっせいに鍋《なべ》にぶち込み、いよいよ闇鍋《やみなべ》パーティーが始まった。

……そして現在。

俺《おれ》が苦労して開発した黒いスープはえもいわれぬ悪臭を放ち、見た目は同じ黒色でもなにかヘドロっぽい感じがする別のものに成り果てていた。

食べられるもの以外の持ち込みは禁止で、もちろん毒物など厳禁なのになぜかさっきは幻覚まで見えたし……。

みんな楽しそうにしていたのはスープに具材を入れる直前までで、魚介類をベースにした美味しそうな匂《にお》いが異臭に変わり始めると全員の顔から笑顔が消えた。

みんなでいっせいに鍋から食べ物を取るたびに、場の雰囲気が険悪化。

マリア先生と小鳩《こばと》の年少組二人は開始十分でダウン。

特に夜空《よぞら》と星奈《せな》は、

「貴様が闇鍋などという頭がおかしなものをやりたいと言うから……！」

「そもそもあんたが鍋をやりたいなんて言い出したのが悪い！」

「最悪なのは貴様が持ってきたシュールストレミングだ！」

「ニシンだから味は悪くなかったわ。それに比べてあんたのマンゴーや苺《いちご》だいふくは！」

……こんな感じで責任を押し付け合う始末。

いつの間にか『最後まで生き残っていたやつが優勝』という意味のわからないルールが決まっていた。

そして今また、幸村《ゆきむら》が逝った。

幸いにして俺は肉団子とかこんにゃくとか比較的まともな具材（自分で持ってきた）ばかりを引き当てて生き残ったのだが、さっきは部屋中に充満する甘ったるい不快な臭いのせいで楽園へトリップしてしまった。

味オンチの理科《りか》も幸か不幸か生き残っているがその目は既にヤバめ。

俺と理科は同時に鍋に箸《はし》を突っ込み、真っ黒に染まった何かを取り出して息を止めて口に放り込む。

……スープの味が最悪だが、具材はよかった……ただの……ただの、なんだこれ……食感からすると……ブロッコリー？

一方理科は何かヤバいものが当たったらしく、

「……理科の記憶のデータベースからこの食べ物の味に最も近いものを引き出すと…………………**消毒用エタノール**」

それっきり理科はぴくりとも動かなくなった。

「……お前まで……」

やっぱり闇鍋なんて、本当に気心の知れた友達同士が和気藹々《わきあいあい》とやるものだったんだ。

和気藹々《わきあいあい》などという雰囲気とはほど遠い俺《おれ》たちが手を出していいジャンルじゃなかったんだ……。

しかもうちの部員どもは悪のりだけは一人前で、持ち寄った具はマシュマロだの果物だのお菓子だの絶対に後悔するようなネタばかりときた。

なぜあのとき「面白そう」などと思ってしまったのか……。

俺が後悔していると、

「では次だ……」

「わかってるわよ……」

互いに脂汗を流しながら凄絶《せいぜつ》な笑みを浮かべ夜空《よぞら》と星奈《せな》が睨《にら》み合《あ》う。

俺も仕方なく箸《はし》を取り、三人一緒に鍋《なべ》から具を取る。

揃《そろ》って口に運び、飲み込み——

「……………お……お……おえええええええええええええっ」

「うわっ⁉」

星奈がリバースした！

それを間近で見た夜空は一瞬だけ勝ち誇った顔を浮かべた直後に顔を蒼白《そうはく》にし、

「…………う…………おげぇっ…………」

……もらいゲロ。

星奈と夜空はそのまま白目を剥《む》いて倒れた。

「うわっ、ちょ、お前らほんとに大丈夫か⁉」

ちなみに頭が大丈夫でないことは重々承知している。

……う……リバースしたブツまで黒い……きもちわりぃ……。

俺まで吐きそうだったので慌てて部室の窓を開けて換気し外の空気を吸う。

そして汚物をどうにかするため雑巾《ぞうきん》を取りに部屋を出た。

どうしよう……あいつらよりによってカーペットの上に吐きやがった……。

聖クロニカ学園の敷地内にある礼拝堂《チャペル》の一室――『談話室4』。

今は死屍累々《ししるいるい》の地獄になっているその部屋が、俺たち『隣人部《りんじんぶ》』の部室だった。

隣人部――活動内容は多岐にわたるというか単純に節操がなく、各々好き勝手に時間を潰《つぶ》していることもあれば、雑談をしたりゲームをやったりゲームを作ったり小説を書いたり漫画を描いたり楽器の練習をしたりお芝居をしたり漫才の練習をしたり神剣ゼミ（『これをやるとリア充になれる』という主旨の漫画が載ったダイレクトメールが送られてくることで有名な通信教育）をやったり知らない人に声をかける特訓をしたり、そして闇鍋《やみなべ》をやったり。

……活動内容を聞いて何をする部なのか理解できる人など一人もいないだろう。

俺《おれ》たち隣人部《りんじんぶ》の活動目的。

ずばり言ってしまえばそれは――『友達作り』である。

これはそんな残念な部活に集う残念な連中の、開始十ページにしてヒロイン二人がゲロを吐くような、とても残念な日常の物語――……。

羽瀬川小鷹《はせがわこだか》

図書室で読書をしていたらいつの間にか夕方になっていた。

そろそろ帰ろうと図書室を出たところで、体操服を忘れたことに気付いたので俺は教室へと向かう。

ほとんどの生徒は既に下校したか部活中のため、廊下を歩いている生徒は少ない。

オレンジ色に染まる廊下を俺は一人で歩く。

と、俺の所属する2年5組の教室の前まで辿《たど》り着《つ》いたとき、部屋の中から笑い声が聞こえてきた。

「はは、からかうなよー、そんなことないってー」

……どうやら誰《だれ》か残っているらしい。

聞こえてくるのは女の声だ。

なんというか、すごくいい声だと思った。

高くもなく低くもなく、耳の中へすうっと浸透したあと頭の中でゆっくり広がるような感じの美声。

しかし俺は、その声に聞き覚えがなかった。

俺《おれ》がこの学園に転校してきて既に一ヶ月。授業などでクラスメート全員の声を聞いたことがある筈《はず》で、こんな声のやつがいたら忘れないと思う。

それともう一つ気になるのは、聞こえてくるのは一人分の声だけなのだ。

恐らく携帯電話で友達と喋《しゃべ》っているのだろう。

誰《だれ》もいない教室で電話している時にいきなり俺が教室に入ってきたら、彼女は驚かないだろうか。

まあ驚かせるのは仕方ないとして、怖がらせてしまうかもしれない。

それはちょっと避けたいところだ。

どうしようかなあ……電話が終わって彼女が教室を去るまで待つべきか……。

いや待て、べつにやましいところがあるわけじゃない。堂々と入ってさっさと忘れ物を回収して出て行けばそれで済む話じゃないか。

そんなことを考えつつ、俺はそっと教室の扉を少しだけ開いた。

教室の中には一人の女子生徒がいた。

窓を開けて桟に腰掛け、夕陽に染まる白い足をぱたぱたさせながら楽しげに談笑している。

夕風になびく藍色《あいいろ》がかった黒髪。

背は高くもなく低くもなく、かなり細身。

やたら整った顔立ちの、いわゆるひとつの美少女である。

名前はたしか——三日月夜空《みかづきよぞら》。

人の名前と顔を覚えるのがかなり苦手で、同級生の男子はともかく女子の名前と顔はまだ数人しか一致していない俺だったが、それでも彼女のことは印象に残っていた。

俺と同じく2年5組の生徒である。

聖クロニカ学園2年5組、三日月夜空——の筈なのだが……俺は戸惑っていた。

「あはは、だから違うって言ってるだろう。というかあの先生って、」

こんなふうに、まるでごく普通の女子高生みたいに明るい調子で喋っている彼女の姿を俺は見たことがなかった。

普段の三日月といえば、いつも不機嫌そうな顔で全身から不機嫌オーラを放出していて、休み時間になるとどこかに消えてしまい誰かと一緒にいるのを見たことがない。

英語の授業でたまにあるペアでの会話練習の時も一人ムスッとした顔で椅子《いす》に座《すわ》ったまま睨《にら》むように外を見ているだけ。英語の先生によれば彼女は一年生の頃《ころ》からずっとあの調子で、先生も諦《あきら》めているらしい。

他《ほか》の授業で当てられたときも、今のような明るい声音とはまるで別人のような、どんよりした陰気な声で淡々と正解を（勉強はよくできるらしく、答えを間違えたことは今のところ一度もなかった）述べる。

「ええ～？　ホントに～？　あはっ、だったら嬉《うれ》しいなあ……」

普段はその整った顔を不機嫌そうな表情と態度で台無しにしている三日月《みかづき》だが、そのギャップも相まってこんな風に笑っている彼女は、その……めちゃくちゃ可愛かった。

……本当に、彼女は三日月夜空《よぞら》なのか？

本気で疑問に思う。

と、そこでようやく、俺《おれ》はさらに奇妙なことに気付いた。

……彼女は、携帯電話を持っていなかった。

教室には彼女一人しかいないし、声も彼女のものしか聞こえない。

誰《だれ》もいない空間を見つめながら、まるでそこに誰かいるかのように三日月は楽しげにお喋《しゃべ》りをしていた。

夕暮れの教室で一人、見えざるモノと語る美少女。

……奇《く》しくも、さっきまで図書館で読んでいたライトノベルの導入部分がこんな感じだった。

これはアレだろうか。

偶然にも彼女の秘密を知ってしまった俺は、半ば巻き込まれるような形で幽霊だか怪物だかといった「この世ならざる存在」との戦いに身を投じることになり、美少女と一緒に様々な窮地を乗り越えたり、戦いを通して、こ、恋に落ちたりしてしまうという展開が待っているのだろうか。

冷静に考えるとそんなわけないのだが、さっき読んだ本の昂揚感《こうようかん》がまだ残っていたのか、それとも現実の学園生活があまりにも寂しいのでそういう超常的な展開を心のどこかで求めていたのか、ともあれ俺は不覚にもちょっとわくわくしてしまった。

知らず知らずのうちにドアに掛けた手に力が入り——、

がらがらっ。

ものすごく勢いよく教室のドアを開けてしまった。

「そういえばあのときトモちゃんが言——」

三日月夜空と目があった。

彼女は一瞬きょとんとした顔をしたあと、すぐにいつものようなやたら不機嫌そうな表情を浮かべた。……その頬《ほお》は明らかに夕陽以上に赤かった。

超気まずい。

ここはもう、さりげなく忘れ物を回収してさっさと帰るしかないだろう。

しかし運悪く俺の机は窓際の、よりによって今三日月が座《すわ》っている窓のちょうど真ん前にあるのだ。

どうしたって彼女に近寄らないわけにはいかず、俺は仕方なく曖昧《あいまい》な笑みを浮かべながら彼女の方（正確には俺の机の方）へゆっくり歩み寄る。

すると三日月《みかづき》は、一瞬だけ怯《おび》えたような顔をした。

「……まるで鷹が獲物を発見して舌なめずりをしているかのような笑顔……！」

心外にもほどがあることを言って、何故《なぜ》か俺《おれ》をキッと睨《にら》んできた。

完全に警戒されてしまったようだ。

「あ、その……」

無言で近付いてはますます警戒されるだけだと思い、俺はとりあえず口を開いた。

「……なんだ」

俺を睨みながら三日月が言う。その声も先ほどまでとはうって変わった、やたら低くてドスのきいた敵意全開のものだった。

「……ええと……」

残念ながら俺は刑事でも交渉人《ネゴシエーター》でもなく、それどころか自分から他人に話しかけることを苦手としている人間で、警戒している女の子に気を緩めてもらえるようなトークなどまったく思いつかなかったので、

「も、もしかして幽霊とか見えたりするのか？」

……とりあえずそう言った。言ってしまった。

すると三日月は「はあ？」と小馬鹿《こばか》にするような顔をした。

「幽霊なんているわけがないだろう」

「いや、でもさっきまで誰《だれ》かと話して……」

かあああと三日月《みかづき》の顔が赤くなる。

「やはり見ていたのか……」

憎々しげに呻《うめ》き、三日月は再び俺《おれ》の顔を正面から見据え、開き直ったかのように堂々と言った。

「私は友達と話していただけだ。エア友達と！」

…………？

彼女の言葉を吟味するのにたっぷり三十秒ほどかかった。

考えてもわからない、ということだけはわかった。

「……エア友達？」

こくん、と不機嫌そうな顔のまま三日月は頷《うなず》いた。

「なんだそれ？」

「……言葉通りの存在だ。エアギターというのがあるだろう。それの友達版だ」

「……えーと……」

俺は思わずこめかみを押さえた。

「つまりその場に友達がいると仮定して喋《しゃべ》ってたってことか？　なんでまたそんな……」

俺が言うと三日月は少しムキになったような口調で、

「仮定じゃない。トモちゃんは本当にいる。ほらここに」

エア友達とやらの名前はトモちゃんというらしい。

もちろん、俺にはトモちゃんの姿など見えなかった。

「トモちゃんとお喋りしているととても楽しくて、いつも時間が経《た》つのを忘れてしまう。友達とは本当にいいものだな」

真顔で言う三日月だがその顔はちょっと赤い。

「さっきも中学生のときトモちゃんと二人で遊園地に行ったとき数人のグループにしつこくナンパされたのだがその中に新任のイケメン教師がいたという設定で話をして大いに盛り上がっていたところだ」

「設定！　今設定って言った！」

「言ってない。あれは本当にあったことだ」

「……どこまでが本当にあったことなんだ？」

「『中学生のとき』」

「ほぼ１００％ねつ造じゃねえか！　せめて遊園地に行ったことくらいは事実であってほしかった……！」

「一人で遊園地に行って何が楽しいんだ？」

「一人って認めてるじゃないか」

「あ、今のなし。トモちゃんはとても可愛くて遊園地なんかに行ったら絶対に変な男が寄ってくるに決まってるから仕方なく脳内遊園地で我慢しているだけだ」

「エア友達に脳内遊園地、だと……」

……駄目だこいつ……早くなんとかしないと……。

「……何だその目は」

三日月《みかづき》はムッとした顔をした。

「いや、その……」

俺《おれ》はたじろぎつつ、

「……友達とお喋《しゃべ》りがしたいならリアルで作ればいいんじゃないか？　……その、エア友達とかじゃなくて現実の友達を……」

割と核心的な指摘をしたつもりだった。

しかし俺の言葉を三日月は鼻で笑う。

「ふん、それができたら苦労はしない」

うわあ。

ごもっともすぎて返す言葉もない。

三日月はさらにジト目になる。

「ん？　よく見ればお前、クラスでいつも一人でいる転校生じゃないか」

今気付いたのかよ。

「お前に友達についてどうこう言われる筋合いはないぞ転校生」

「……もうこの学校に来て一ヶ月も経《た》つんだし、『転校生』はやめてくれ」

とりあえず俺が言うと三日月はしばし沈黙し、

「…………名前なに？」

名前すら覚えられてないときた。地味にショックだ。

「……羽瀬川小鷹《はせがわこだか》」

俺は少し憮然《ぶぜん》としながら自分の名前を名乗った。

「小鷹、か。……ふん、小鷹に友達についてどうこう言われる筋合いはない」

「いきなり名前呼び捨てかよ……」

「？　それが何か？」

三日月はきょとんとした顔をした。

「……べつになんでもない」

前の学校の友達からはそう呼ばれていたので、久しぶりに同年齢のやつに名前を呼んでもらって少し嬉《うれ》しかった。

三日月《みかづき》は続けて哀れむような目をして、

「……一ヶ月も経《た》って一人も友達がいないなんて、小鷹《こだか》は寂しいやつだな」

「エア友達作ってるやつに言われたくねえよ」

俺《おれ》が言うと三日月は微かに呻《うめ》いた。

「ト、トモちゃんを馬鹿《ばか》にするのか？　トモちゃんは可愛くて頭もよくて運動神経抜群《ばつぐん》で優しくて話し上手で聞き上手で、それに……絶対に裏切らないのだ」

最後の部分だけ、妙に情念が籠《こ》もっていた気がした。

「いいぞエア友達は。小鷹も作ったらどうだ？」

「遠慮しとく。それをやっちゃうと、人としてアウトな領域に足を踏み入れそうだ」

「それだとまるで私が人として終わってるみたいじゃないか」

「……」

俺は無言で三日月から目を逸らした。

三日月の顔が赤くなる。そして小声で、

「…………わかってる。これが逃避だということくらい。でも仕方ないだろう。友達の作り方なんてわからないんだから……」

拗《す》ねたように言った。

友達の作り方がわからない――あまりにも共感できるその言葉に、俺はしばらく何も言えなかった。

「……どうすりゃ作れるのかなあ……友達」

俺はため息混じりに呟《つぶや》いた。

三日月も嘆息する。

「……小鷹は前の学校でも友達がいなかったのか？」

俺は首を横に振った。

「ちゃんといたよ」

「ふうん？」

疑わしげな目。

「ほんとだって。たまたま席が隣同士だった奴が割と面白くて人望もある奴で、自然とそいつ中心のグループ？　みたいな繋《つな》がりでつるむようになってた」

「ふーん……なら、その友達と連絡とったりしてるのか？」

「……」

俺は目を逸らした。

「……転校する前日にファミレスでお別れ会をしてくれたんだ。そのときにはみんな、

『こっちに来たときはまた遊ぼうぜ』とか『メール入れるから』とか、言ってたんだ……

たしかに言ったんだ……」

「転校した途端にプッツリ縁が切れてしまったわけか」

三日月《みかづき》は容赦なく事実を指摘した。

「……友達だと思っていたのは小鷹《こだか》だけだったんじゃないか？」

追い打ちがかかり、俺《おれ》はうなだれる。

「……ちなみにその時のファミレス代も、おごりだと思ったら普通に割り勘だった……」

さすがに三日月も哀れむような目をした。

気を取り直して俺は言う。

「大事なのは過去じゃない！　これからどうするかだ！」

「どうするんだ？」

「……どうしよう」

「…………」

「…………」

再び沈黙。

「……普通に友達になろうって言うのは？」

俺が言うと三日月は「ふん」と鼻を鳴らした。

「そういうのはドラマとかでたまに見るけど、よくわからないのだ。友達になろうと言って相手に承諾されたらその瞬間から友人関係が成立するのか？　これまでほとんど喋《しゃべ》ったこともない者同士でも？　友達になることを承諾されて以降まったく会話しなくても友達状態は続いてると判断していいのか？」

「……まあ、そういうのがしっくりこないのは俺も同じなんだけどな」

「だろう？　あ、そうだ」

三日月がぽんと手を叩《たた》いた。

「何か名案でも？」

「うん」

自信ありげに頷《うなず》く。

「お金をあげて友達になってもらうというのはどうだ？　ただの口約束よりも現実的な拘束力がありそうだろう」

「寂しすぎるだろそれは！」

「学校で一緒に過ごしてくれたら一週間で千円とか、昼食代をおごるとか……」

「愛人契約……いや、友人契約かよ」

「上手いことを言うな。大爆笑。そう、まさに契約だ」

微塵《みじん》も面白くなさそうに淡々と夜空《よぞら》は言った。

「……直接対価を払うのが駄目だったら、ゲームを買うのはどうだ？」

「ゲーム？」

「家に最新のゲームがあれば、それを目当てに友達が集まるかもしれない。例えばバーチャルボーヤとか、ネオヅオとか」

「バーチャルボーヤとかネオヅオってなんだ？」

謎《なぞ》の単語に俺《おれ》は首を傾《かし》げる。

「知っているゲーム機の名前を適当に言っただけだ。『バーチャル』とか『ネオ』とか、なんとなく新しい感じがするだろう」

「確かにかっこいい名前だけど……聞いたことないな。まあそれはどうでもいいけど、ゲームで釣るなんて方法が通用するのはせいぜい小学生の男子くらいじゃないか？」

「……それもそうか」

三日月《みかづき》は残念そうな顔をする。

それからぽつりと、

「……そもそも、私はどうしても友達が欲しいわけじゃない」

「え？」

「……友達がいないことがイヤなのではなく、学校とかで『あいつは友達がいない寂しいやつだ』と蔑《さげす》むような目で見られることがイヤなのだ」

「あー、なるほど」

なんとなくわかる。

『友達がいること＝いいこと』というのは基本的にその通りだと思うけど、それが世間では『友達がいないこと＝悪いこと』と同義のようになっている。

それはちょっと違うんじゃないかと俺は思う。

「私は一人でも平気だ。学校での友人関係なんて上っ面だけの付き合いで十分だ」

三日月の声には、どこか無理が感じられた気がした。

「……上っ面だけの友人関係なんて虚しい気もするけどな」

すると皮肉っぽく三日月は口の端を吊り上《つ　あ》げた。

「みんな大体そんなものだろう？　上辺だけじゃない真実の友情で結《むす》ばれた友達同士なんて、世の中にどれだけいることやら」

「……」

転校と同時に友達と縁が切れてしまった俺には、彼女の言葉を否定できない。

「……それでも、俺は本当の友達に巡り会いたいと思うけどな」

「ふうん」

俺の言葉に、三日月はどうでもよさげな相づちを打った。

「……それはそうと、小鷹《こだか》は何か案はないのか？　手っ取り早く友人が作れるような案」

「俺《おれ》?」

俺は暫し考え——少し躊躇《ためら》いながら、

「……部活を始めるってのは?」

「部活?」

「同じ部活に所属すればイヤでも接点はできるだろうし、活動を通じて仲良くなれるんじゃないかって思う」

現実的でいい案だと思う。

放課後に一人でいるくらいだから、三日月《みかづき》も部活には入ってないんだろうし。

「却下」

三日月は不機嫌そうに鼻を鳴らした。

「なんでだよ?」

「恥ずかしいから」

「………おい」

ジト目になる俺に三日月は続ける。

「考えてもみろ。今は二年生の六月だ。部内の人間関係がとっくに固まってるこんな時期に、一人で入部なんて恥ずかしいにもほどがあるだろう」

「そりゃまあ、そうだけど」

「だろう!?」

三日月は何故《なぜ》か微妙に嬉《うれ》しそうな顔をした。

「いやでも、そこは乗り越えないと前に進めないだろう」

俺が言うと、

「小鷹《こだか》は何か得意なこと……一年生の頃《ころ》から練習してきた連中にだって絶対負けないほど得意なことはあるのか？」

三日月は唐突に尋ねてきた。

俺はしばらく考え、

「…………ない、な」

渋々ながら答えた。三日月は不機嫌そうな顔のまま薄く笑う。

「今の時期に入部しようものなら、多かれ少なかれ確実に部内の人間関係に乱れが出る。『友達がほしいから』なんて理由で望まれてもないのに入ってきてチームワークを乱す、特に実力があるわけでもない新入部員……そんなのを誰《だれ》が歓迎する？」

「う……」

俺は呻《うめ》いた。

まったく反論できない。

動機も不純、実力もない。それに何より……人間関係を乱す。特に俺の場合は、普通の生徒よりもその度合いが大きいだろう。

と、不意に三日月《みかづき》が小声で呟《つぶや》いた。

「……しかし部活、か……部活、ね……」

なにやら真面目《まじめ》な顔で思案している様子の三日月。

「――そうか、部活だ！」

急に目を大きく開いて言った。

「……？」

戸惑う俺《おれ》に、三日月はニカッと自信ありげな笑みを浮かべた。

やっぱり笑うと可愛いな、こいつ。笑ったときだけは。

それから三日月はさっさと教室を出て行ってしまった。

よくわからなかったが、一人で教室に残っていても仕方ないので俺は忘れ物の体操着を回収して家路についた。

☺

家に帰って夕食を食べたあと、俺は宿題をするため鞄《かばん》の中身を出した。

「ふう……」

ため息をつきながら英語の教科書を開く。

英語の授業は嫌いだ。

苦手、というわけじゃない。

英語は母親がイギリス人ということもあってむしろ得意科目だ。

苦手ではなく、嫌い——正確に言えば、英語の授業でたまにある、『好きな者同士ペアになって英語で会話しろ』とか『友達同士ペアになって練習しろ』というのが嫌だ。

クラスに友達がいない人間にとって、あのコーナー（？）は毎回憂鬱《ゆううつ》になる。

ちなみにまったく同じ理由で体育の授業も嫌いだ。

俺、羽瀬川小鷹《はせがわこだか》は、父親の仕事の都合で日本全国あちこちを転々としていたのだが、父親が海外に行くことになったため一ヶ月前——高校二年生の五月半ばというひどく中途半端な時期に、十年ほども離れていたマイホームのあるこの遠夜市に戻ってきた。

そして理事長が両親と旧知だった縁により、私立聖クロニカ学園へと編入した。

聖クロニカ学園——名前からもわかる通り、カトリック系のキリスト教学校《ミッションスクール》である。

この学校で、俺は浮いていた。

なんというかその、いわゆる、不良？　ヤンキー？　みたいな目で見られていた。

原因は主に俺の外見にある。

先述の通り俺《おれ》の母親はイギリス人で、髪の毛は金色だった。

その息子である俺の髪も金色——しかし母さんのように見事なブロンドというわけではなくて、ところどころ焦げ茶色っぽい毛が混じった、くすんだ感じのする鈍い金色なのだ。

これを見て地毛だと思う人はほとんどいないだろう。

自分で言うのもアレだが、「ワルぶった高校生が金髪にしたかったけどちゃんと美容院で染めてもらうお金がなくてとりあえず市販のスプレーで染めたら案の定失敗してしまった」みたいな印象だと思う。

しかも髪の毛以外は日本人である父親から多くを受け継いだらしく、瞳《ひとみ》の色は黒、顔立ちも完全に日本人なので、余計にくすんだ金髪が浮いて見える。

生まれつき、目つきも少し悪い。

中学時代などは、普通にしているだけなのに「どうしてそんな睨《にら》むような目をするんだ」と言われたことが何度もある。

聖クロニカ学園は品行方正な学校として知られており、たしかに前にいた学校よりも落ち着いた雰囲気の生徒が多くて、今のところ不良に絡まれたりということもないのだが、不良がいないからこそ余計に俺の外見が浮いている。

あとは……転校初日に遅刻するという最悪のポカをやらかしてしまったのも大きいかもしれない。

一ヶ月前のこと。

転校生は第一印象が肝心だから、遅刻なんて絶対にしてはいけない――そう思って俺は、始業時間の二時間ほど前（午前六時）に家を出た。

家から学園までは電車で10分、バスで25分という道のりなのだが、早朝六時半少し前のバス停には俺と同じ制服を着た学生は一人も見当たらなかった。

さすがに時間が早すぎたなと思いつつ、俺はクロニカ学園のある早良北《さわらきた》方面行きのバスに乗り込んだ。

しかしバスに揺られること一時間――いつまで経《た》ってもバスは「聖クロニカ学園前」に着かず、不安に思いながらも満員のサラリーマンを押しのけて運転手さんに尋ねることもできず、かといって見知らぬおじさんに話しかけるのも恥ずかしくてできなくて、結局そのまま終点まで行ってしまった。

その頃《ころ》には乗客は俺しかいなかったので勇気を出して運転手さんに尋ねたところ、このバスは『早良北』方面ではなく『相良北《さがらきた》』方面行きだったことが判明。紛らわしいにもほどがある。しかもどっちも北と付いているくせに、方向としてはほぼ真逆だった。

仕方なくさらに一時間以上もバスに揺られ、駅に戻って早良北方面行きのバスに乗り直した（クロニカの生徒は誰《だれ》もいなくて、通勤・通学時間が過ぎていたのでバスが来るまで20分ほど待たされた）。

転校初日にしてまさかの大遅刻をしてしまい、ようやく学校に辿《たど》り着《つ》いたとき俺《おれ》はちょっと泣きそうだった。

担任は他《ほか》のクラスで授業中だったので、仕方なく一限目の真っ最中に一人で教室に入ると、新しいクラスメートたちが奇異の視線を向けた。

ちょっと目が赤くなっていることを誤魔化すために目を細め、緊張で震えそうになる声を誤魔化すために声のトーンを極力落とし「転校生の羽瀬川小鷹《はせがわこだか》です」と無愛想（俺としては無愛想なつもりは全然なかったのだが家に帰ったあと携帯電話の録音機能で俺の挨拶《あいさつ》を再現して聞いてみるとあまりにドスのきいた声だったので自分の声なのに軽く引いた）に挨拶した俺にクラスメートたちはざわめき、気弱そうな一限目担当の社会科教師までが少し怯《ひる》んだ様子で空席に座《すわ》らせた。

……授業が終わったあとも、俺に話しかけてくる同級生は誰《だれ》もいなかった。

普通転校生というのは前に住んでいた場所だとか好みのタイプだとかスリーサイズだとかを根掘り葉掘り訊《き》かれるものなので、俺は事前にそれらの質問を想定してなるべく好印象を与えられるよう微妙にユーモラスかつあまりふざけた奴だとは思われないような良回答（結構自信があった。特にスリーサイズを訊かれた時を想定した回答などは今思い出しても、ぷぷっ）を頭の中に用意していたのだが、見事に無駄になった。

それから一ヶ月。

第一印象で大失敗した俺は、未だにその失敗を取り返せないでいる。

英会話のパートナーはいつも先生（アメリカ人。なんか発音がいいということで気に入られたっぽい）だし、体育の準備体操で組むのは他のクラスの余ったやつ（露骨に俺のことを怖がっているのがわかる）で、サッカーのパス回し練習では滅多にパスが来ない（少なくとも他の連中のように名前を呼ばれてパスを出されたことは一度もなくて、恐る恐るという感じかコントロールを誤って俺の方に来るだけで、しかもパスした相手は何故《なぜ》か謝る。気まずそうな顔で「ご、ごめん」などと言われてしまっては、こちらとしても気まずそうに「ああ……」と素っ気なく頷《うなず》くしかない。一度だけ試しに笑顔を作って「気にするなよ」と言ってみたところ、その相手は「ひぃ……っ⁉」と縮こまってしまい、その日の昼休みに何故か「こ、これであの時のことは許して……」とジュースを差し出してきた）。

昼ご飯も教室で一人で食べる。

一度購買でパンを買っている間に他のクラスの女子生徒が俺の椅子《いす》を使っていたことがあったのだが、俺が戻ってくると慌てて一緒に食べていた同じクラスの女の子たちともども教室を出て行ってしまった。高校生男子にとって、「女子に避けられる」ことほどショックなことはあまりないと思う。俺はその日お風呂場《ふろば》で少し泣いた。

他にもこのような切ないエピソードは幾つもあるのだが、思い出すたびに俺の心がダメージを負いそろそろ限界なのでこのあたりで切り上げておく。

図書室や教室で勉強や読書をしてみたりといった『真面目《まじめ》アピール』もやっているのだが、今のところ特に効果は見られない。

そんな切なくて泣ける（もしもケータイ小説とかで『切なくて泣ける青春ストーリー！』みたいな触れ込みで売り出そうものなら確実に苦情がきそうな）自分の学園生活を思いながら、俺《おれ》はサクッと宿題を済ませた。

そこでふと、放課後の教室で会話した三日月夜空《みかづきよぞら》のことを思い出した。

エア友達と楽しげに会話していたイタいクラスメート。

美人なのに……残念すぎる。

…………でも、エア友達、か…………楽しそうだったな三日月…………。

ばちんっ！

いつの間にか真剣にエア友達の導入を検討している自分に気付き、俺は頬《ほお》を叩《たた》いた。

「だ、駄目だ！　そんなのに頼るようになったら本気で終わりだ！」

真剣に現状をなんとかする方法を考えなければ。

……部活に入るって、いい考えだと思ったんだけどな……。

実は部活に入ろうかという考え自体は三日月と話す前からあった。

しかし三日月が言ったとおり、既に人間関係ができあがっている部へ突入する勇気が俺にはなく、さらには今日三日月に言われたあの言葉だ。部の空気を悪くする新入部員なんて、確かに誰《だれ》も歓迎しない。もしも遠回しに入部を断られるようなことになったら（その状況が俺にはリアルに想像できた）、立ち直れる気がしない。

「はあ……」

考えるほど気が滅入る。

宿題も終わったし、今日はさっさと風呂《ふろ》に入って寝よう……。

☺

翌日の昼休み。

俺がいつものように教室で一人で昼食を食べていると、三日月が目の前にやってきた。

「小鷹《こだか》。ちょっと来い」

いつもどおりのやたら不機嫌そうな表情でそう言って、俺の返事も聞かず教室を出て行く三日月。

「え？　ちょっと、おい!?」

俺は仕方なく彼女のあとを追う。

俺が出て行ったあと教室が一斉にざわついたのがわかった。

早足で三日月《みかづき》が向かったのは、校舎の端、人気のない階段の踊り場だった。

俺《おれ》が追いついてくると、三日月はくるりと振り向いて、

「とりあえず手続きは終わった」

いきなりそんなことを言った。

「……手続き？」

「新しい部活の創部手続きだ」

「新しい部活？」

「ああ。人間関係ができあがってる既存の部活に入るのが駄目なら、自分で部活を創ってしまえばいいのだ」

ここでようやく、俺は三日月が昨日の放課後の話の続きをしていることに気付いた。

「……あー、友達作り云々《うんぬん》の話か。そりゃたしかに新しい部なら人間関係も最初から始められるけど……」

そもそも関係を構築する人間がいなければ話にならない。

既存の人間関係の輪に入らずに済むように新しい部を創るというのは本末転倒のような気がした。

「……って待て、今、『創部手続きは終わった』とか言ったな？」

「言った」

「……どんな部を創ったんだ？」

恐る恐る尋ねる俺に、三日月はやたら自信ありげに告げる。

「『隣人部《りんじんぶ》』だ」

「りんじんぶ？」

三日月は頷《うなず》く。

「『キリスト教の精神に則り、同じ学校に通う仲間の善《よ》き隣人となり友誼《ゆうぎ》を深めるべく、誠心誠意、臨機応変に切磋琢磨《せっさたくま》する』部活動だ」

「う、うさんくせー……」

俺は素直に言った。

何をする部なのかまったくわからない。

「ていうか、そんなんで創部の申請が通るものなのか？」

「この学校は良くも悪くも大らかだからな。頭にキリスト教の精神とかイエス様の教えとかマリア様の慈愛とか、それっぽい名目をでっち上げておけば大抵のことは誤魔化せる。

宗教はチョロいな」

敬虔《けいけん》なクリスチャンが聞いたら激怒しそうなことを言う三日月だった。

「……にしても昨日の今日でそんな手続きを終えるなんて、すごい行動力だな」

呆《あき》れ混じりに俺《おれ》が言う。

そんな行動力があるなら、普通に部活に入ればいいのに。

「私はこういう事務手続きとかレポートとか、終わればそれっきりの無味乾燥な作業は得意なのだ」

「さいですか」

「うん。テレビショッピングだって得意だぞ」

何故《なぜ》か得意げに三日月《みかづき》は頷《うなず》いた。

テレビショッピングに得意不得意ってあるのだろうか。

……俺は自分から電話かけるの苦手だけど。

「んで、その隣人部《りんじんぶ》？　って、結局なにをする部なんだ？」

俺が尋ねると三日月はこともなげに、

「友達作りに決まってるだろう」

「…………その発想はなかった」

「これなら周囲から『友達のいない寂しい奴』という蔑《さげす》みの視線を回避するための上辺だけの友達を作りつつ、小鷹《こだか》の言う本当の友達を探すことも可能だ」

私って頭いいだろう？　と言わんばかりに得意げな三日月。

俺は嘆息する。

「……まあいいけどさ……。せいぜい頑張れよ」

すると三日月はきょとんとして、

「なにを他人事みたいに言っている？　部員なのに」

「は⁉」

素《す》っ頓狂《とんきょう》な声を上げる俺に三日月は平然と、

「昨日勝手に帰ってしまったから、小鷹の入部届は私が書いてやったぞ。感謝しろ」

「するか！」

「小鷹は先生に目を付けられていたんだな。『羽瀬川《はせがわ》小鷹君が部員になります』って言ったらものすごく喜ばれたぞ。『彼が部活動を通してキリスト教の友愛の精神を学び、立派に更正できるように祈っています』って」

「更正もなにも、俺は不良じゃないのに！」

先生にまでそう思われていたショックで愕然《がくぜん》とする。

「というわけで今日の放課後から活動を始めるぞ、小鷹部員」

踵《きびす》を返し、三日月はさっさと歩き去っていく。

三日月に友達ができない理由の一つは、人の話を聞かないからだと俺は確信した。

……ともあれ、なんか、そういうわけで。

俺《おれ》、羽瀬川《はせがわ》小鷹《こだか》は三日月《みかづき》夜空《よぞら》という変な子と一緒に『隣人部《りんじんぶ》』という変な部活を始めることになった。

夜空

放課後になって俺は三日月に連れられ、学園の敷地内にある礼拝堂《チャペル》へとやってきた。

三角屋根に十字架が飾られているかなり大きな建物で、内装はミサや結婚式などで使用されるホールや懺悔室《ざんげしつ》といったいかにも教会というイメージの施設の他《ほか》、談話室や自習室なども存在する。

そのうちの一室『談話室4』が『隣人部』の部室になったらしい。

広さ八畳ほどの小綺麗《こぎれい》な洋室で、丸テーブルとソファ、スチールラックが置かれている。『部室』というよりはサロンのような印象で、俺は少し気後れした。

そんな俺とは逆に、三日月は部屋に入るなり何のためらいもなくソファにどっかりと腰を下ろした。

「……本当にこんな部屋使っていいのか？」

「顧問がいいと言うんだからいいんだろう」

どうでもよさげに答える三日月。

「顧問？」

そういや、まがりなりにも正式な部なんだから顧問の先生もいるのか。

言いながら俺《おれ》はゆっくり三日月《みかづき》の向かいのソファに腰を下ろす。

「……よく顧問になってくれたな。こんな得体の知れない部の……」

「得体が知れなくはないぞ。『キリスト教の精神に則り、同じ学校に通う仲間の善《よ》き隣人となり友誼《ゆうぎ》を深めるべく、誠心誠意、臨機応変に切磋琢磨《せっさたくま》する』というれっきとした部活動だ」

「うん、何度聞いても得体が知れないな。……で、どういう人が友達作りの指導なんてしてくれるんだ？」

「シスターのマリア先生だ」

「へえ……」

知らない名前だった。

ミッションスクールであるこの学園には、教会から派遣されたシスターが何人かいて、講師として選択制の神学や倫理の授業を受け持っている。

俺はあまりキリスト教に興味がないからそれらの授業を取っておらず、シスターとは縁のない学園生活を送る予定だったのだが、思わぬところで接点ができたものだ。

「シスターで名前がマリアか……なんとなくそれっぽいよな。よくわかんないけど、ためになる話が聞けそうな気はする」

「ああ、それは気のせいだ」

三日月は断定した。

「……気のせい？」

「友達いないからな。マリア先生」

さらりと致命的なことを言われた気がする。

「……な、なんでそんな人を顧問に？」

「私は友達が多そうな人に話しかけるのが苦手なのだ。……逆に友達がいない人間とは普通に話せるのだが。小鷹《こだか》とか」

三日月夜空《よぞら》——思っていた以上に残念な子だった。

「……つまり自分と同じような立場の先生にしか顧問を頼めなかったのか」

「その通りだ」

ソファにふんぞり返って何故《なぜ》か偉そうな口調で三日月は言った。

「ま、暑苦しい教師にあれこれ口出しされるのも鬱陶《うっとう》しいし、こんな部室まであてがってもらえたんだからベストの人選だろう」

「……言われてみるとそうかもな」

一応は納得。

「で、具体的にはこの部活で何をやるつもりなんだ?」

「その前にまずは部員集めだ」

三日月《みかづき》は答えた。

「ああ、そっか……」

寂しい奴だと思われないようにつるむ仲間がほしいという三日月の目的からすれば、まずは数を集めることが重要なのだ。友達って量より質だと思うけどな。

三日月は、鞄《かばん》の中からごそごそとなにやら紙の束を取り出した。

「部員募集のポスターはもう作ってある」

「ほう」

やっぱり行動が早い。

三日月が一枚のポスターを俺《おれ》に差し出す。

「我ながらよくできたと思う」

「ふむ」

「…………」

俺はポスターに目をやった。

そして絶句した。

なんというかその、アレだった。とにかく、アレだった。

隣人部

とにかく臨機応変に隣人
とも善き関係を築くべく
からだと心を健全に鍛え
たびだちのその日まで、
共に想い募らせ励まし合い
皆の信望を集める人間になろう！

活動場所：礼拝堂談話室4

「……なんだこれ」

「だからポスターだ。今からこれを学校中の掲示板に貼《は》るぞ」

「えー……」

露骨にイヤそうな顔をする俺《おれ》に、三日月《みかづき》は不快そうに顔をしかめた。

「……何だ。何か問題でもあるのか？」

「なんでこれで問題ないと思うのかがわからん。何をやる部なのかまったくわかんないし、これじゃ誰《だれ》も集まらないだろ」

「ふん、甘いな小鷹《こだか》」

何故《なぜ》か小馬鹿《こばか》にするように言う三日月。

「この文章を斜めに読んでみろ」

「斜め……？」

訝《いぶか》りつつポスターの文章に注目し——、

「あ」

「わかったか？」

三日月が薄く笑う。

「……まあ、わかったと言えばわかったけど」

文字を左上から右下に向かって読んでいくとこうなる。

『と』にかく臨機応変に隣人
と『も』善《よ》き関係を築くべく
から『だ』と心を健全に鍛え
たびだ『ち』のその日まで、
共に想い『募』らせ励まし合い
皆の信望を『集』める人間になろう！

ともだち募集

「……地味なネタを仕込みやがって……」

「ネタじゃないぞ」

何故《なぜ》か心外そうに三日月《みかづき》。

「普段から友達を求めている者なら、このポスターに隠された『ともだち募集』という文字に目ざとく気付くはずだ。逆に友達に困ってない者にとっては、ただの漠然とした文章と認識されて終わり。つまり友達を作りたいなんて恥ずかしい目的をおおっぴらに出すことなく、目的を同じくする部員を集めることが可能なのだ！」

「ええー……」

自信満々で言う三日月だったが、俺《おれ》には意味不明な理屈だった。

ていうか、恥ずかしい目的って自覚あったのか……。

「まあ百歩譲ってお前の理論が正しいと思うことにしよう……」

「なぜ百歩譲る必要がある？」

心底疑問に思っている顔で問う三日月をスルーし、

「文面はいいとして、下の絵はなんなんだ？」

「見ればわかるだろう」

「わからないから聞いてるんだが」

「ふん」

三日月はまたも俺を小馬鹿《こばか》にするように笑い、理解力のないお馬鹿さんに優しく教えてやろうとでも言うような口ぶりで、

「友達を百人作って富士山の上でおにぎりを食べようという有名な歌があるだろう。そのシーンを描いてみたのだ。我ながらよく描けている」

「……そう、か」

「万一斜め読みに気付かない人がいても、この絵を見ればこの部の目的に気付いてもらえるという寸法だ」

「……まあ、百歩譲ってお前の言うとおりだとしよう」

「だからどうして百歩譲るのだ？」

三日月《みかづき》の問いはまたもスルーし、

「この絵の奴らが食ってる……おにぎり……？　的な食べ物……？　に、目とか手足が付いてるのはなんでなんだ？」

「その方が可愛いと思って」

「……かじったら暴れそうで超イヤなんだけど。擬人化した食べ物を食うなよ……」

「お前はあの国民的ヒーローを否定するつもりか？」

「国民的ヒーロー？」

「子供に自分の頭を食べさせるナイスガイ」

「アソパソマソかよ！」

「自己犠牲の精神など虫酸が走るが、愛と勇気だけが友達という点で彼には共感を覚えるな」

「アソパソマソもいい迷惑だ」

と、不意に三日月はムスッとした顔になった。

「……というか小鷹《こだか》、斜め読みもこの絵も理解できないなんて、本気で友達がほしいと思っているのか？」

「このポスターを理解できる残念な感性の奴とは友達になりたくないなあ……」

「ふん、自分の感覚が絶対だと思うなど、小鷹はセカイ系だな」

「お前が言うなお前が」

げんなりして俺《おれ》が言うと、三日月はますます憮然《ぶぜん》とした顔をする。

「……さっきから気になっていたが、そのお前お前って言うのやめろ。なんかイラッとする」

「え？　ああ……わかった」

そして俺は口ごもる。

「じゃあ、えーと……」

他人をどう呼べばいいのかで困ることが俺にはよくある。

名字で呼ぶか、名前で呼ぶか、あだ名で呼ぶか、『さん』や『君』や『ちゃん』を付けるべきなのか、呼び捨てにするべきなのか。

だから普段はなるべく、人の名前を呼ばないようにしている。

「……えーと……三日月、さん？」

「夜空《よぞら》」

ぴしゃりと三日月は言った。

「呼び捨てで夜空だ」

「わ、わかった。……よ、夜空」

「なぜ赤くなる？　キモいやつだな」

相変わらずの不機嫌な顔で三日月《みかづき》は言った。

……女の子を下の名前で呼び捨てにするのが何となく恥ずかしいのは俺《おれ》だけだろうか？

「……なあ。なんかあだ名とかはないのか？　できればそっちの方が……」

「……ある……あった」

三日月はいつにもまして不機嫌そうに言った。

「……あったけど小鷹《こだか》には教えない」

「なんで？」

尋ねる俺に夜空《よぞら》はどこか泣いているような寂しげな笑みを浮かべ、

「あだ名は友達同士で使うものだからな」

三日月——いや、夜空の感覚は相変わらずよくわからなかった。

「……仕方ない……じゃあ、まあ、とりあえずポスター貼《は》りに行くか。……夜空」

気恥ずかしさを覚えつつ俺はソファから立ち上がる。

隣人部《りんじんぶ》最初の活動。

お互いを名前で呼び合える同級生ができた。

……詳細を省略して結果だけを書いてみれば、なかなかの成果のように見えてしまうのが困ったところだ。

柏崎星奈《かしわざきせな》

ポスターを貼《は》った翌日の放課後。

俺《おれ》と三日月《みかづき》……じゃない、夜空《よぞら》は今日も隣人部《りんじんぶ》の部室へとやってきた。

ソファにふんぞり返り夜空はふてぶてしい笑みを浮かべる。

「いよいよ今日から本格的に活動開始だ」

「具体的な活動内容を決める活動をな」

俺は未だにこの部で具体的に何をすればいいのか、明確なビジョンがまったく想像できないでいる。

……そもそもこんな部に入ってしまって本当によかったのかどうかも疑問だ。

「私は上辺だけの友達がいればいいから、部員さえ集まってくれればいいんだ。つまり昨日の時点でやるべきことはやったということだな」

「……あのポスターを見て入部しようと思う奴がいるとはどうしても思えないんだが」

「まだそんなことを言ってるのか？　あのポスターに釣られて今にも学園中の友達を求める寂しい子羊どもが迷い込んでくるに決まっている」

「その自信はどこから出てくるんだ？」

俺は心底不思議に思った。

と、そのとき。

――コンコン。

部室の扉がノックされた。

「――ッ!?」「――!」

俺と夜空は思わず顔を見合わせた。

「どうやら早くも新入部員が現れたようだな」

夜空が勝ち誇った声で言う。

「……まさか。どうせ顧問の先生とかだろ」

俺と夜空は二人して立ち上がり、部室のドアを開いた。

そこに立っていたのは金髪碧眼《きんぱつへきがん》の女子生徒だった。

すらっとした細身なのに胸は大きいというグラビアアイドルみたいなスタイルで、ちょっとだけ目つきがキツい印象はあるが顔立ちもやたら整っており、どことなく気品が感じられる。

顔は（顔だけは）いいのに鬱《うつ》っぽい表情や仕草でそれを台無しにしている夜空と比べ、華やかさが段違いの、掛け値なしの美少女である。

制服に付けられた校章の色から、俺たちと同じ二年生だとわかる。

「隣人部《りんじんぶ》っていうのはここね？　入部したいんだけど」

少女が言った。

「違う」

ばたん！

がちゃん！

夜空《よぞら》は即答すると同時にドアを閉めて鍵《かぎ》を掛けた。

「えええ!?　ちょ、夜空!?」

夜空は何事もなかったかのようにソファへと戻り、

「さて、部活を始めるか」

「いや待てって！　今の入部希望者っぽかったぞ!?　しかも女で二年生だったから夜空の友達にぴったりじゃないか」

「ははは、何をおかしなことを言ってるんだろうなあの黄土色ヤンキーは。同性の親友ならもういるのにな、トモちゃん」

うっかり惚《ほ》れてしまいそうな笑顔で夜空はエア友達と喋《しゃべ》り始めた。

「おいおい……」

……黄土色ヤンキーというのはもしかして俺《おれ》のことか？　たしかに俺の髪は金色っていうより黄土色だけども。

ドンドンと先ほどの少女が外からドアを叩《たた》いている。

怒鳴り声も聞こえるけど、この部屋は防音設備が割としっかりしているため何を言っているのかはわからない。

夜空は煩わしげに立ち上がり、再びドアを開く。

「ちょっとなんで閉めるのよ！　あたしは入部――」

「リア充は死ね！」

ばたん！

がちゃん！

ヒロインが言ってはいけない類の発言をして、夜空はまたドアを閉めてしまった。

少女の唖然《あぜん》とした顔がちょっとだけ見えた。

「……なあ、もしかしてあの子と知り合いなのか？」

再びソファに座《すわ》り直す夜空に俺は尋ねた。

「知り合いではない。顔と名前は知ってるけど喋ったことはないから」

言いながら、夜空は鞄《かばん》の中から一冊の本を取り出した。

不機嫌そうに夜空は言う。

「2年3組の柏崎星奈《かしわざきせな》……この学園の理事長の一人娘だ。いつも男子生徒たちにちやほやされているお嬢様気取りのいけ好かないやつ」

「……へえ、あれがそうなのか……」

俺《おれ》は会ったことはないが、俺の両親とこの学園の理事長は知己で、父親が理事長には俺と同い年の娘がいると言っていた。

「……理事長の名前が日本人だから、あんな金髪の娘《こ》だとは思わなかったな……」

俺がぽつりと呟《つぶや》くと夜空《よぞら》はギロリと俺を睨《にら》んだ。

「金髪がなんだと言うのだ。まったく男は金髪巨乳とくればすぐにデレデレと鼻の下を伸ばす。いやらしい」

「いや、べつにそういうわけじゃ……」

俺の言葉を夜空はスルー。

「あの派手な見てくれの上、スポーツ万能成績優秀。定期試験の順位は去年からずっと学年トップ。なんだこのリア充は！　死ねばいいのに！」

ガンと夜空はテーブルを叩《たた》いた。

「な、なんで怒ってるんだよ？　そんな凄《すご》いやつと一緒に学園生活を送れるなんて光栄じゃないか」

「ハァ？　それは本気で言ってるのか？」

「まあ光栄は言い過ぎだけど、素直にすごいなあと感心はする」

「同世代の人間が充実した青春を送っているのを見るとわけもなくムカムカしてこないか」

「しねえよ」

やっぱり駄目だこいつ……。

「ふん、とにかく、あんなリア充女がこんな部に入部するわけがない。どうせ冷やかしに来ただけに決まっている。あいつ性格悪そうだし」

「こんな部とか自分で言っちゃうのかよ……」

とりあえずツッコみつつ、

「まあ性格が悪いかはともかく、確かにそんなやつが本気でウチに入部するわけないか」

俺はドアの方を見た。

柏崎星奈《かしわざきせな》は去ったらしく、声もドアを叩く音も聞こえない。

が、そのとき。

いきなり後ろからドンドンと激しく窓を叩く音がした。

俺と夜空はびっくりして窓の方を見る。

なんと柏崎が窓に顔をくっつけてゾンビのようにこちらを覗《のぞ》いている。

端正な顔が台無しだ。

「なんだあれ……こわ……」

若干引きつつ、夜空はイヤそうに窓を開けた。

「なんでそんな意地悪するのよ！　このあたしが入部してあげるって言ってるのに！」

窓を開けた途端、ちょっと涙目になって柏崎《かしわざき》が怒鳴った。

「冷やかしならお断りだ」

窓を閉めようとする夜空《よぞら》。

柏崎はギリギリと窓を押さえながらさらに続ける。

「冷やかしじゃないわよ！　友達募集ってポスター見て来たんだから！」

ぴく、と夜空が眉《まゆ》を動かして窓から手を離した。

「あたしも友達がほしいのよ！」

窓を全開にし、柏崎が叫ぶ。

「………………」

夜空は「ちっ」と舌打ちして、彼女を室内に上げた。

☺

「あたしってほら、完璧じゃない」

我が物顔でソファに腰掛け、柏崎は言った。

「……」

夜空《よぞら》がイラッとしたのがわかった。

「頭脳明晰《ずのうめいせき》スポーツ万能、そして見ての通り美少女。神がオーダーメイドして造ったとしか思えない完璧な造形美じゃない？　天の不平等を嘆く自由を与えるわ、庶民ども」

当然の事実のように柏崎《かしわざき》。

金髪をかき上げるその仕草がまたえらくサマになっている。

「ふん、下品な乳牛のくせに」

ボソリと言った夜空に柏崎は頬《ほお》をひくつかせる。

「あら、貧乳が何か言ってらっしゃるわね」

夜空の目に殺意が宿る。

「……私はべつに小さくない」

「中途半端な大きさの胸なんて無いのと同じじゃない？」

「……自分より胸の大きい女を全員殺せば相対的に私が巨乳になるな。私の崇高な計画の栄えある生け贄《いけにえ》第一号になってもらおうか」

「やめとけ」

本気でやりかねない感じだったので俺《おれ》はとりあえず止めた。

夜空は無駄に行動力があるから何をやらかすかわからない。

「……で、えーと……友達がほしいって話だけど」

俺が言うと柏崎はこくんと頷《うなず》いた。

「……お前はいつも男に囲まれてるだろうが」

夜空がジト目で言うと、

「わかってないわね。あんなのはただの下僕。あたしがほしいのは友達。特に同性の、例えば家庭科の調理実習や修学旅行のグループ分けのとき『好きな子同士班になって』って言われたときにすぐに一緒になれるような友達よ」

華やかな人気者に見えて彼女も意外と苦労しているようだった。

「……『柏崎さん男子に人気あるんだから男子と組めば～ギャハハ☆』なんてムカつく台詞《せりふ》を吐かれないように、あたしには友達が必要なの……！　クラスの余り物だけを集めた班でまったく盛り上がらない修学旅行を過ごすのはもうイヤ……！」

憎々しげに吐き捨てる柏崎。

「……そういえば、あんまりモテすぎたり優秀すぎたりする女は同性に疎まれるって話はたまに聞くな」

「ふーん、あんたヤンキーのくせにわかってるじゃない。踏んであげるから跪《ひざまず》きなさい。それとも靴舐《な》める？」

柏崎は微笑を浮かべ意味不明なことを言ってきた。

「なんで俺《おれ》がお前に踏まれたり靴を舐《な》めなきゃならないんだ」

俺がジト目で言うと柏崎《かしわざき》は不思議そうに首を傾《かし》げる。

「うちのクラスの男子はご褒美に踏んであげたり靴を舐めさせてあげるって言ったら何でも言うこときいてくれるわよ？」

そこで柏崎はハッとし、何故《なぜ》か恐れたような目を向ける。

「……ま、まさか傲慢《ごうまん》にもそれ以上を求めてるわけ？　さすがはヤンキーね……。ニ、ニーソックスで縛ってなんてあげないんだからね！　この変態！」

「俺は変態でもヤンキーでもねえ！」

全力で俺はツッコむ。

……こいつが友達いないのは優秀だからとか男にモテるからとかじゃない……性格がアレだからだと俺は確信した。

「ふう……さすが夜空《よぞら》の作ったあのポスターの真意を読み取っただけのことはある……」

「その発言からは何故か私を侮辱《ぶじょく》するような意志が感じられるな」

「気のせいだ」

釈然としない顔の夜空をスルーして、

「まあ、とりあえずよかったじゃないか二人とも。これでどっちも普段一緒に過ごす友達ができるわけだろ？」

「はあ？」

「なにを言っているのだ？」

何故か夜空と柏崎は二人して怪訝《けげん》な顔をした。

「……ああ、クラス違うから調理実習とか修学旅行で一緒に過ごすのは無理か」

「「そうじゃなくて」」

二人同時に言った。

「どうして私がこんなのと友達にならなければならないのだ？」

「あたしこんなのと友達になりたくないんだけど」

二人はにらみ合う。

「……どういう意味だ乳女」

「……そっちこそどういう意味よ吊《つ》り目」

「貴様も吊り目だろう」

「あたしの吊り目は可愛いけどあんたの吊り目はキツネみたいなのよ」

「あー痛い痛い、自分で自分のこと可愛いとか」

「真実を言うことを躊躇《ためら》う理由がどこにあるの？」

「え、死ねば？」

「ハァ？　人として明らかに価値の劣るあんたの方が死ぬべきじゃない？」

……………。

「初対面でなんでそんなに仲悪いんだお前らは……」

……たしか、夜空《よぞら》の話ではお互い喋《しゃべ》ったことはないって話だったけど……。

「こいつの性格が悪いのが悪いのよ。凡人はパーフェクトなあたしに跪《ひざまず》くものなのに」

柏崎《かしわざき》がうんざりした顔で髪をかき上げる。

「頭が悪いお前よりはマシだ」

「ふふん、あたしは成績学年トップよ！」

「はーいはい、牛女ちゃんはお勉強がよくできてご立派でちゅねー」

ものすごくムカつく顔でぺちぺちと投げやりな拍手をする夜空に、柏崎は顔を真っ赤にして悔しげに呻《うめ》く。

「……てめえ……パパに頼んで退学にするわよ」

「パパァ？　いい年してパパだのママだの言ってて恥ずかしくないのか？　いつまでも乳離れできない甘えんぼちゃんには困ったものだな。生きてて恥ずかしくないのか？」

「……あぐ……！　あ、あんたさあ……マジで性格悪いわねえ……！」

その拳《こぶし》がぷるぷると震えている。

よく見れば目はちょっと涙目になっている。

高飛車なくせに意外と打たれ弱いようだった。

「と、ところで！」

これ以上続けるとリアルファイトに突入しそうだったので、俺《おれ》は強引に話に割り込んだ。

「「ああ？」」

二人同時に女の子に対する幻想を破壊するような形相で俺を睨《にら》む。こええ。

「か、柏崎は本当に入部するのか？」

俺としては毎回ギスギスされるのは勘弁してもらいたいのだが。

しかし、

「入るわよ。入部届けも持ってきたし」

「ち……」と夜空が露骨に舌打ちする。

「……なんか文句あるわけ？」

「ある。出てけ。あ、違った、死ね」

「あたしさあ、一度言ったことを撤回するのって大嫌いなのよね。とはいえ、まさかこんな性格悪い女がいるとは思ってなかったし……」

そこで柏崎はポンと手を叩《たた》き、

「そうだ、あんたが辞めればいいのよ！　さすがあたし、ナイスアイデア！」

「この部は私のだ」

「いつから夜空のになったんだ」

ジト目で俺《おれ》はツッコんだ。

「あとそこのヤンキー」

柏崎《かしわざき》は俺に言う。だからヤンキーじゃねえっての。

「あたしのことも星奈《せな》って名前で呼びなさい。特別に許してあげるわ」

「……なんでまた」

「このキツネ女が名前であたしが名字だと、あんたの中であたしの方が優先順位が下みたいじゃない」

「……わかったよ。…………星奈」

渋々ながら俺は頷《うなず》いた。

夜空《よぞら》は何故《なぜ》かぶすっとした顔で俺を睨《にら》みつけた。なんなんだ一体……。

とにかく、そういうわけで……隣人部《りんじんぶ》設立二日目にして新しい仲間が増えました。

……………本当に、成果だけ書けば順調に見えてしまうのが困ったところである。

狩り

「やっぱりゲームだと思うのだ」

隣人部創設三日目。

唐突に夜空が言った。

部室には俺と夜空の他《ほか》、昨日入部した柏崎星奈もいて、何故か部室にティーセットを持ち込み紅茶をすすっている。

「はあ？　ゲーム？」

星奈が不機嫌そうに言う。

「夜空……だからゲームで釣れるのは子供くらいだって」

俺が言うと、夜空は小馬鹿《こばか》にするような顔をした。

「甘いな小鷹《こだか》。今どきの高校生が遊ぶゲームの主流は、スーパーファルコンとかオメガドライブなどの家でやるタイプではないのだ」

「……スーパーファルコンとかオメガドライブって何？」

「知ってる据え置き型ゲーム機の名前を適当に言っただけだ。『スーパー』だの『オメガ』だの付くんだからきっと凄《すご》いんだろう」

「確かに名前は凄そうだな」

「って、そんなことはどうでもいい！」

夜空《よぞら》はばんと机を叩《たた》く。

その衝撃で星奈《せな》の前に置かれたティーカップから中身が撥《は》ねて星奈の手にかかった。

「あつっ！　なにすんのよキツネ女！」

「ちっ……倒れなかったか……」

「わざとやったの!?　最悪ねあんた！」

「ん？　なんのことだ？　それよりゲームの話だ」

涙目になって抗議する星奈をさらりとスルーし、夜空は鞄《かばん》の中を漁り始める。

「最近のゲームの主流は……これだ！」

夜空が取り出したのは携帯ゲーム機だった。

これはさすがに俺《おれ》にもわかる。

プレイングステイツポータブルだ。

たしかうちの妹も持っていた気がする。

「昨日一人でファミレスに行ったら後ろの席がやけに騒がしくてとても不愉快だったのだが、見たら四人の高校生が楽しそうにこれをやっていた」

そういえば一人でファミレスって入ったことないな……と関係ないことを思った。

「どうやら今どきの高校生の間では、ファミレスとかで携帯ゲームを持ち寄って通信プレイをするのが流行ってるらしい」

「だからなによ？」

星奈がどうでもよさそうに聞くと夜空はＰＳＰの電源を入れた。

スリープモードだったらしく、すぐにゲーム画面が表示される。

「ファミレスで高校生どもがやってたのはこの『モンスター狩人』というゲームだった。調べてみたら今すごく流行ってるようだ」

そのゲームのことは前の学校でもやっている奴がいたから知っていた。

モンスター狩人——通称『モン狩《かり》』。

ファンタジー世界の狩人となり、高原や砂漠や山を舞台にモンスターや動物を狩るというゲームだ。

「このゲームは他《ほか》の人間と協力して遊ぶことができる。上手いプレイヤーは他のプレイヤーから頼られるから、ゲームをやってるうちにいつの間にか仲良くなれるというわけだ。それにアイテムの交換もできるから、『このアイテムが欲しいんだけど持ってない？』とか『このレアアイテムとそのアイテム交換しない？』みたいな感じで話しかけるきっかけも作りやすい」

「……そういえばうちのクラスの女子にもやってる子がいたわね。最近は女の子でもゲームするみたい」

星奈《せな》が言った。

「つまり部活でこのゲームの腕を磨いたりレアアイテムを手に入れて、友達を作ろうってわけだな？」

俺《おれ》が言うと夜空《よぞら》は頷《うなず》いた。

そんなに上手くいくものかなと疑問に思ったものの、とりあえず具体的な活動をしてみるというのはいいことだと思う。

「では来週の月曜日、ＰＳＰとモン狩を持ってくること」

「ふん、仕方ないわね……ゲームなんて興味ないし面倒だしあんたのアイデアに乗ってあげるのが気に入らないしあんたの顔が気に入らないしあんたの態度が気に入らないしあんたの存在自体が気に入らないけど仕方ないから付き合ってあげるわ」

「あ、蚊がいる（超棒読み）」

べち。

ぶつくさ文句を言いつつ頷いた星奈の鼻を夜空がいきなり叩《たた》いた。

「あにふんのよっ！」

涙目で鼻を押さえて抗議する星奈。

「直接攻撃はほどほどにしとけよ夜空。……あ、そういや星奈はＰＳＰ持ってるのか？」

気になって尋ねると、星奈は泣きそうな顔のまま、

「持ってないわよそんなの。でも適当な奴に欲しいって言えばくれるから」

「……けっ、死ね乳女」

当然のように言う星奈に夜空はいつものように暴言を吐いた。

☺

月曜日。

俺は約束どおりPSPにモン狩を入れて持ってきた。

PSPは妹から借りたもので、ソフトは自分で買った。

夜空と星奈もちゃんと持ってきていた。

「操作とかは予習してあるな？」

「ああ」

夜空の問いに俺は頷く。

「ふん、忙しかったけど仕方ないからちょっとだけ試しに遊んであげたわ。流行ってるだけあって、割とよくできてるわね。まあ所詮《しょせん》はゲームなんてお子様のお遊びだけどね」

相変わらず微妙に素直じゃないことを言う星奈。

「それじゃさっそく始めるぞ」

夜空《よぞら》が言って俺《おれ》たちはそれぞれのPSPを起動させた。

「誰《だれ》がホストになるの？」

星奈《せな》が言う。

「ランクが一番高い奴でいいんじゃないか？」

俺が言うと夜空も「そうだな」と頷《うなず》いた。

このゲームではホストとなる一人のプレイヤーがクエスト（『○○というモンスターを倒せ』とか『○○というアイテムを取ってこい』みたいな、細かい目的のようなもの）を受注し、それを通信しているみんなで挑戦することができる。

クエストをたくさんクリアするほどハンターのランクが上がり、受けられるクエストも増えていく。

ランクが上がると登場する高難易度のクエストほどいいアイテムが手に入りやすいので、それが受注できるプレイヤーをホストにする方がいい。

「小鷹《こだか》と牛のランクは？」

……いつの間にか牛女とか乳女ですらないただの牛になっていた。

あだ名は友達同士が使うものだと言ってたけど、夜空にとって牛とか乳女はあだ名ではなく悪口の類なのだろう。

「俺はまだ1」

昨日と一昨日で五時間くらいやったけど、一人でプレイするとかなり難しくてなかなかクエストがクリアできなかった。

ちなみに最高ランクは5で、そのランクになって挑戦できるクエストは一人ではまずクリアできないような難しいものばかりだとか。

「ふっ、私は3だ」

夜空は自慢げに言った。

このゲームは序盤から登場する敵もなかなか強くてしかも集団で襲ってくることが多いので、一人プレイで3まで上げるのはかなり大変だ。自慢したくなる気持ちもわかる。

「あたしは5」

髪をかき上げながら星奈がさらりと、しかし微妙に得意げに言った。

「「5!?」」

夜空と俺が驚愕《きょうがく》する。

「あたしにかかればこんなゲームなんてちょろいものよ。ゲームまで天才的だなんてあたしってどこまで完璧なのかしら」

「うるさい黙れ死ね生肉女こんがり肉になって死ね」

相変わらず自分の凄《すご》さを誇示《こじ》したがる星奈と、呼吸をするように暴言を吐く夜空。

ちなみに生肉とこんがり肉はモン狩に登場するアイテムで、こんがり肉は食べると体力が回復するが生肉は食べるとお腹を壊す。

「……星奈《せな》さっき、『ちょっとだけ試しに遊んだ』とか言ってなかったか？　どんだけやりこんでるんだよ」

「べ、べつにやりこんでなんかないわよ！」

少し顔を赤くして否定する星奈だったが、どう考えても嘘《うそ》だった。

クエストによっては一時間くらいかかる長いものもざらにあるため、たとえノーミスで全てのクエストをクリアしていってもランク5まで上げるには数十時間はかかる。

「ちょっとプレイ時間見せろ肉」

ひょいと夜空《よぞら》が星奈からPSPを奪い取った。肉て。

「あ、ちょっと！　勝手に見んな！」

「プレイ時間53時間……だと……!?」

夜空がギョッとした顔をした。

「しかもなんか知らないアイテムいっぱい持ってるし！　装備も可愛いし！　生焼け肉のくせに生意気だ！」

星奈にPSPを投げつける。

「なにすんのよ馬鹿《ばか》あ！　〰〰〰〰っ!?」

星奈はどうにかキャッチしたものの、テーブルに臑《すね》をぶつけた。

目に涙を浮かべて痛そうにうずくまる星奈。

さすがに悪いと思ったのか、星奈に夜空はハンカチを差し出した——と思いきや、夜空はいきなり星奈の顔をハンカチでごしごし擦り始めた。

「ちょっ、やめろ馬鹿キツネ！」

……数秒後、夜空が顔を拭《ふ》くのをやめたあと、よろよろと立ち上がる星奈。

その目元には濃いクマがあった。

夜空がメイクを拭《ぬぐ》ったので隠れていたクマが見えるようになってしまったのだ。

「お前さては、金曜うちに帰ってから土日の間ずっとコレやってただろう」

「う……」

夜空の指摘に星奈は呻《うめ》いた。

「ふーん……たかがゲーム、ねえ……」

ジト目の夜空に星奈は顔を赤くする。

「し、獅子《しし》はたかがモンスター狩りにすら全力を注《そそ》ぐのよ！　キツネにはわかんないでしょうけどね！」

あ、開き直った。

「とにかくあたしがホストってことでいいわね！　まずは肩慣らしでランク3の手頃《てごろ》なク

エスト受けとくからさっさと準備しなさい！」

「ふん、気に入らないが私は大人だからたかがゲームごときに夢中になっちゃったお子様に合わせてやろう」

ちくちく嫌味を言いつつ夜空《よぞら》は自分のＰＳＰの操作を始めた。

俺《おれ》も自分のＰＳＰを星奈《せな》のＰＳＰに接続する。

……夜空は呆《あき》れてるけど、俺は内心、星奈のことを少し見直した。

『たかがゲーム』とはいえ、寝る間を惜しんで何十時間もプレイするなんて並大抵のことじゃない。

なんだかんだ言いつつ真面目《まじめ》に部活動に取り組んでいる星奈を微笑《ほほえ》ましく思う。

……まあ、身体に悪いのでぶっ続けでやるのは自重すべきだけど。

☺

三人全員の準備が整うと、画面が拠点である集落からモンスターの徘徊《はいかい》する山岳地帯へと移った。

ランクが上がるにつれて舞台となるステージも増えていくのだが、ここは俺も序盤のクエストで行ったことがあるステージだった。

それぞれが操作する三人のキャラがスタート地点に立っている。

このゲームでは自分の分身となるキャラの性別、顔、体格、髪型、髪の色などを細かく設定でき、装備によってグラフィックも変化する。

夜空と星奈のキャラは両方とも女性キャラでかなり見栄《みば》えのいい武器や防具を装備しているのだが、俺のキャラは二人に比べて明らかに貧弱な格好だった。

「なんだその姿は」

夜空が意地悪そうに笑う。

「しょうがないだろ。まだ始めたばっかなんだから」

「装備じゃなくてキャラ自体のことだ」

「……」

俺のキャラは男で、髪はプラチナブロンドの長髪だった。

「ぷっ、小鷹《こだか》はこういうロン毛の外人になりたいわけ？」

星奈も便乗して笑う。

「顔も美青年系か。悲しいくらい本人と似てないな」

「キャラの名前が【ホーク】っていうのもベタベタよね。鷹だからホーク？」

「ほっとけ！　ゲームなんだからちょっとくらい現実と違っててもいいだろ」

ダメ出ししてくる二人に憮然《ぶぜん》として俺は言う。

「『……ちょっと？』」

「…………」

ちなみに星奈《せな》のキャラは顔も髪型も体格もまさに星奈の分身という感じだった。名前もそのまま【星奈】。どんだけ自分大好きなんだこいつ。

夜空《よぞら》のキャラの外見も髪や体格は本人そのままなのだが、顔だけは目がくりっとしていて口元はニッコリのロリ系の顔だった。名前は【ＮＩＧＨＴ】。夜空だからＮＩＧＨＴ《夜》っていうのも十分ベタな気がする。

からかわれたお返しに「お前こういう愛嬌《あいきょう》のある顔に憧《あこが》れてるんだゲラゲラ」と笑ってやりたい衝動に駆られたが自重した。

「よし、それじゃ狩りに行くぞ」

夜空が言って、【ＮＩＧＨＴ】が走り出した。

次の瞬間。

ズバシュッ!!

【星奈】が装備した身の丈ほどもある巨大な剣が【ＮＩＧＨＴ】の背中を斬《き》り裂いた！

「はあ⁉」

夜空の素《す》っ頓狂《とんきょう》な悲鳴と一緒に派手な血を噴き出して倒れる【ＮＩＧＨＴ】。

ランク5のハンター愛用の大剣の威力は半端ではなかったらしく、【NIGHT】は一撃で死んでしまった。

全員の画面が暗転し、スタート時の状態に戻される（といっても俺《おれ》はこのクエストに入ってからほとんど動いてもいなかったのだが）。

このゲームでは、プレイヤーの攻撃は敵だけでなく一緒にプレイしている他《ほか》のプレイヤーキャラにもヒットする。

ちなみに全てのプレイヤーが合計で三回やられるとクエスト失敗。

これで早くもミス1だ。

「なにするんだ肉！」

「あは、ごめんごめん。ちょっと操作をミスしちゃったわ。さ、気を取り直して狩りに出かけましょう」

しれっと答える星奈。

モン狩の操作はPSPのボタンをフルに使うかなり複雑なものだが、高ランクプレイヤーの星奈が今更そんな操作ミスをするわけがなかった。

……まさかこれをやるために何十時間も一人で頑張ったんじゃないだろうな……。

たしかにネットゲームで他のプレイヤーを殺すことを生《い》き甲斐《がい》にしてる人もいるらしいけど、モン狩はそういうゲームじゃないだろ。

「……操作ミスなら仕方ないな……じゃあ、行くか……」

感情を押し殺した声で夜空《よぞら》が言った。

【星奈《せな》】が走り出し、俺《おれ》の【ホーク】もそれに続く。

しかし【NIGHT】は何故《なぜ》か俺たちとは逆方向に歩き出し、ある程度距離が離れたその瞬間、

「あー、ボタン間違えたー（棒読み）」

【星奈】めがけてボウガンをぶっ放した。

ぶすっ！

【星奈】の頭にボウガンが突き刺さり血が噴き出す。

「ちょっと！　今のどう考えても狙《ねら》ったでしょ！」

星奈が文句を言う。

「狙ってない。事実無根の言いがかりはやめてほしいな」

「……ふん、まああたしは優しいから今回だけは許してあげるわ」

頭にボウガンが直撃したにもかかわらずむくりと起き上がって回復アイテムを使う【星奈】。

防御力が高いので一撃では死ななかったらしい。

「ちっ……」

「舌打ちしたわね!?　やっぱりわざとでしょう！」

「おい！　ケンカしてる場合じゃないぞ！」

血の臭いを嗅《か》ぎ付《つ》けた……のかどうかは知らないが、近くの影の上からいきなり四匹の巨大な狼《おおかみ》が襲ってきたのだ。

俺は慌てて【ホーク】に剣を構えさせる。

「ふん、小鷹《こだか》は離れてなさい。こんなザコあたしが蹴散《けち》らしてあげるわ」

言うが早いか、【星奈】が大剣を構えて狼たちに向かっていく。

ズバッ！　と一太刀で一匹の狼を斬《き》り捨《す》てる。

「あははっ、駄犬の分際であたしに逆らうなんて百億年早いのよバーカバーカ！」

続けて二匹目を倒し、三匹目に向かう。

それにしてもノリノリだなー星奈。

大剣は威力は高いが攻撃速度が遅いのだが、素早い動きの狼に【星奈】は確実に攻撃を当てる。

「ラスト一匹！」

【星奈】が最後の狼に向かって走り出した次の瞬間、
ドスッ！　ドスッ！　ドスッ！

後頭部に一本、背中に二本の矢を受けて、【星奈】は血を噴き出して倒れた。

犯人である夜空《よぞら》が笑みを浮かべる。

「よしっ、今度こそ仕留めた——じゃなかった……お前を援護しようとしたけど狙《ねら》いが外れてしまった。悪いな」

【星奈《せな》】が力尽きたので画面が暗転——再び俺《おれ》たちはスタート地点に戻された。

「あんた絶対わざとでしょ！」

スタートした瞬間に【星奈】が【NIGHT】に斬《き》りかかった。

ズビシュ————ッ！

【NIGHT】死亡。

合計三回ミスでクエスト失敗となりフィールドから居住区へ。

「……貴様……肉……」

「なによ馬鹿《ばか》キツネ……」

ぴくぴくと頬《ほお》を引きつらせて睨《にら》み合《あ》う夜空と星奈。

「なあ……協力プレイなんだから協力しようぜ、な？」

とりあえず説得を試みる俺。

すると意外にも二人は頷《うなず》いた。

「……そうだな。次の狩りは協力して頑張ろう」

「……ふっ、ランク5の天才美少女ハンター様がゴミカスハンターのあんたを助けてあげるわ……感謝しなさいよね」

　不安を覚えつつ、再びクエストが始まる。

「死っねえええええ――――ッ！」

　三秒で不安的中！

　もはや取り繕おうとする素振りすらなく、画面が切り替わった直後から【星奈】が全力で【NIGHT】を殺しにかかった。

「ふんっ、バレバレだ！」

【NIGHT】は咄嗟《とっさ》に横に転がって【星奈】の攻撃を回避。

【星奈】から距離をとり、ボウガンを立て続けに発射。

　一本の矢が【星奈】の腹部《ふくぶ》を貫くも、それ以外は回避する【星奈】。

　さらに距離をとろうとする【NIGHT】を追う【星奈】だったが、なぜかその足取りはふらついている。

「ちょ、えっ!?　なんで麻痺《まひ》になってんのよ!?　味方に毒矢撃つなんて信じらんないバカじゃないの!?」

　悲鳴を上げる星奈に、夜空は殺《や》る気満々の顔で、

「私はお前を味方だと思ったことなど一瞬もない。お前は――ただの肉だ」

神経を侵されまともに動けない【星奈《せな》】に【NIGHT】がさらに矢を撃ち込む。

【星奈】が死亡し画面が暗転した。

「コンのキツネ……！　狩ってやる！」

再スタートするなりまたも襲いかかる【星奈】。

その攻撃を回避し、夜空《よぞら》が獰猛《どうもう》な笑みを浮かべる。

「肉が動き回るなど不快だ。挽肉《ひきにく》にしてやろう」

「畜生《ちくしょう》風情が神に挑んだことを後悔させてあげるわ！」

夜空と星奈の同士討ちは延々と続いた。

「さあ死ね！　人を殺すときだけ生きていると実感できる！」

人間としてアレな台詞《せりふ》を吐きながら、毒矢や爆弾、トラップなど貴重なアイテムを惜しげもなく使って【星奈】の足を止めボウガンで狙《ねら》い撃つ【NIGHT】。

夜空のトラップの使い方は実に巧妙で、ボウガンを横にかわしたらトラバサミにひっかかるとか、ちょうど画面の死角になるところに落とし穴が掘ってあったりとか、モンスター相手にはまったく意味がないであろう人間を狩るのに特化した仕掛け方をする。

「カスはカスらしく跪《ひざまず》いて足を舐《な》めなさい！」

対する【星奈】も悪の帝王のような台詞を吐きながら、【NIGHT】の使ってくるアイテム対策に状態異常を無効化する薬や高価な回復アイテムを持ち込むようになる。

素早い動きで距離をとりチクチク攻める【ＮＩＧＨＴ】。

大剣は巨大なモンスターを倒すのに絶大な効果を発揮するが、人間相手には素早く動けるボウガンの方が有利。

しかしさすが一人でランク5まで上げただけあって、星奈は夜空のいやらしい攻撃を上手くしのぎ、必殺の一撃で【ＮＩＧＨＴ】を一刀両断する。

「無様にのたうち回って苦しんで死ね！」

「腸をブチ撒《ま》けろバカキツネ！」

装備の質や全体的なテクニックは星奈に分があるが、人間を罠《わな》にはめる技術に関しては夜空の方が上。

搦《から》め手《て》で攻める夜空と、正面突破の星奈。

両者一歩も譲らない名勝負が繰り広げられる。しかしなぜモン狩でこうなるのかはわからない。

俺《おれ》はといえば、アホ二人を放置して適当に鉱物の採掘や薬草の採取に励んでいた（クエストに失敗しても入手したアイテムは残るのだ）。

……お、ラッキー。ドグライト鉱石ゲット。

☺

下校時刻になり、ようやく不毛な戦いは終わりを告げた。

戦績は36対31で一応夜空《よぞら》の勝ちだが、ランク3では手に入れるのが難しい貴重なアイテムの数々をほとんど使い尽くした（アホすぎる）ので、もっと続けていれば恐らく星奈《せな》が逆転しただろう。

「ふん、やっぱりゲームは駄目だな」

「ったく、無駄な時間を過ごしちゃったわ」

PSPのスイッチを切り、不機嫌そうに夜空と星奈が吐き捨てた。

「だいたい、最近の携帯ゲームは通信プレイありきというのが気に入らない。どうして他人と一緒にゲームをやらなきゃいけないんだ」

いきなりモン狩やその他通信系ゲームを全否定する夜空。

星奈も頷《うなず》き、

「ふん、まったくその通りね。ゲームの世界でまで他人に気を遣わなきゃいけないなんてどうかしてるわ」

「ああ。ゲームくらい一人で好きなように遊ばせてほしいものだな」

口々に勝手なことを言い合う二人。

「…………お前らがいつ他人に気を遣った？」

「「ああ？」」

「……なんでもありません」

二人に睨《にら》まれ、俺《おれ》はげんなりして首を振った。


こうして、やたら疲れる隣人部《りんじんぶ》ゲーム特訓大会は終わった。

☺

以下、余談。

夜空と星奈が残念すぎて部活でのプレイは残念な結果になったが、モン狩が大勢の人に支持される面白いゲームであることは間違いないので、俺は家に帰ったあともプレイを続けた。

しかしあと一つ素材が手に入ればほしい防具が作れるのに、何度その素材を落とす敵を倒してもなかなか手に入れることができない。

仕方なく諦《あきら》めて寝た、その翌日の昼休み。

同じクラスの大人しそうな男子生徒二人が、偶然にも教室の隅でＰＳＰをやっているのを俺《おれ》は見つけた。

会話内容に耳を澄ませてみると、やっているゲームはモン狩に間違いない。

──アイテムの交換もできるから、『このアイテムが欲しいんだけど持ってない？』とか『このレアアイテムとそのアイテム交換しない？』みたいな感じで話しかけるきっかけも作りやすい。

前に夜空《よぞら》が言っていたことを思い出した俺は、意を決して鞄《かばん》からＰＳＰを取り出し、彼らの方にゆっくり歩み寄る。

俺が近づいてくるのに気づいた彼らは怯《おび》えた顔になった。

くっ、だがここで気後れしてはいけない……ゲームで通信しようって言うだけなんだから、俺の話を聞けばすぐに安心してくれるに決まっている！

俺はできる限りフレンドリーな顔と口調を心懸け──

「なあ、俺もモン狩やってるんだけどさ。ドラスポスの頭を持ってたら交換してくれないか？」

……俺の言葉を聞いた二人は何故《なぜ》かひきつった笑顔で「も、もちろんいいよ」「ほ、他《ほか》にもなにか欲しいのある？　ギドスノスの角とか、スイーオスドの頭とか、上げられるものなら何でも！」

「あー、俺はまだあんまりいいアイテム持ってないから」

「に、肉とかでいいよ！　それか回復薬とか」「な、なんだったらただの草とかでも！」

「……そうか？　悪いな」

釈然としなかったが、俺は彼らの好意に甘えることにした。

おかげで労せずして強力な装備を作ることができたのだが——……。

……ほどなくして、**羽瀬川小鷹《はせがわこだか》が白昼堂々教室でカツアゲした**という噂《うわさ》がクラス中に広まった。

なぜだ……。

ギャルゲヱの世界へようこそ

ある日俺《おれ》と夜空《よぞら》が部室に行くと、部屋の隅に20インチくらいの液晶テレビとプレステが置かれていた。

部室には既に星奈《せな》がいる。

「なんだこれ？」

俺が言うと、星奈が馬鹿《ばか》にした顔で、

「ヤンキーだけあって無知ね。これはテレビジョンとプレイングステイツという文明の利器よ。電気で動くわ。あ、電気ってわかる？」

「未開人か俺は!? 俺が聞いてるのは、なんで部室にこんなの持ってきたのかってことだ」

「つくづく愚かしいわね。ゲームをやるために決まってるじゃない」

「私の部室に勝手に私物を持ち込むな」

不機嫌そうな顔で夜空は言って、こないだ星奈が持ち込んだティーカップにポットからコーヒーを注《そそ》いで飲み始めた（ちなみにポットも紅茶を淹《い》れるために星奈が持ってきたものだが、夜空が勝手に出来合いコーヒーを入れてしまった）。

「なんでわざわざ部室でゲームを？」

モン狩の苦い思い出が脳裏をよぎり、俺はジト目で尋ねる。

星奈は得意げに豊かな胸を反らし、

「あんなクソゲーじゃなくて、ちゃんと部活に役立ちそうなゲームを見つけたからわざわざ持ってきてあげたのよ。感謝しなさいクズども」

クソゲー呼ばわりかよ……。

面白いんだけどなモン狩。俺はあれからもやってるし……一人で。

「黙れ肉。コーヒーが不味くなる」

淡々と言ってコーヒーを飲みながら夜空は星奈を放置して文庫本を読み始めてしまった。

「ちょっと！　せっかく用意してあげたんだから人の話を聞きなさいよ！」

涙目になって抗議する星奈に夜空は舌打ちして顔を上げた。

「あたしが無知蒙昧《むちもうまい》な馬鹿キツネと使えない下《した》っ端《ぱ》ヤンキーの代わりに用意してあげたのはこの——って聞いてよ！」

読書に戻る夜空にまたも星奈は怒鳴る。

使えない下っ端ヤンキーというのは俺のことか。

「あたしが用意してあげたのはこれよ！」

星奈が得意げに鞄《かばん》から取り出したのはゲームソフトのケースだった。

パッケージには数人のアニメ調の女の子が描かれている。

「……『ときめいてメモリーデイズ7』？」

夜空《よぞら》が星奈《せな》からケースを受け取り、タイトルを読み上げた。

　さらにパッケージを裏返して淡々とそちらも読む。

「……大人気美少女恋愛シミュレーションゲーム『ときメモ』待望の最新作びっくりびっくり。合計七人の美少女達と仲良くなってバラ色の学園生活を送ろうびっくりびっくりびっくり」

「『！《エクスクラメーションマーク》』まで律儀に読む必要なくね？」

　とりあえず夜空にツッコむ。

　まあ、大体これがどんなゲームなのかは理解できた。

　俺《おれ》はやったことないけど、要するに女の子と仲良くなることを目的としたゲーム……いわゆる『ギャルゲー』と呼ばれるジャンルのゲームだろう。

「ゲームのお店に行ったらたまたま見つけたのよ」

　星奈が言う。

「モン狩なんかよりよっぽどこの部の活動に相応しい内容でしょう？」

「……たしかに、他人と会話する練習になるかもしれないな」

　真顔で夜空は同意した。

「シミュレーションって書いてあるからそうかもしれんが……それって男向けのゲームじ

ゃないのか？　たしか女の子向けのやつも出てたと思うけど。美少女じゃなくてイケメンと仲良くなるってやつ」

たしか『乙女ゲー』っていうんだっけか。

字面的にはギャルゲーと同じような意味になってしまうのだが、この「乙女」とはプレイヤー自身のことで、つまり女の子向けの恋愛シミュレーションゲームだ。

「ハァ？」

星奈は呆《あき》れた顔で俺を見て、本気で不思議そうに言う。

「男なんかと仲良くなってどうすんの？」

「……さいですか」

そういやこいつ、男子生徒には人気あるんだっけ。

「ま、あたしみたいな神にゲームごときが役に立つとは思えないけど、キツネや小鷹《こだか》みたいなカスはこれでせいぜい対人能力を鍛えるといいわ」

「そんなこと言ってどうせまた自分だけ家で何時間もやり込んでるんだろう？　これだから肉は……さて、割るか」

いきなりケースを割ろうと両手に力を込める夜空から、星奈は慌ててふんだくり、

「こ、今回はやってないわよ！　ほらまだ開封もしてないでしょうが！」

星奈の言うとおり、ソフトのケースは包装されたままだった。

夜空《よぞら》は不機嫌そうに鼻を鳴らす。

「ふん、だったらさっさと開けて準備しろまったく使えない肉だな。お前の使えなさには

つくづく呆《あき》れるばかりだ」

「ぐぐ……」

顔をひきつらせつつ、星奈《せな》はビニールの包装を破ってケースからソフトを取り出し、P

S2にセットし電源を入れた。

「説明書は読まなくていいのか？」と俺《おれ》。

「やってればわかるでしょ。アクションじゃないからそんなに複雑な操作はいらないでし

ょうし」

テレビをつけ、メーカーのロゴが出たあと、キャッチーなメロディーに合わせてオープ

ニングムービーが流れ始めた——と思ったら、

「邪魔」

星奈はスタートボタンを押してオープニングを飛ばした。

タイトル画面でニューゲームを選ぶと、名前の入力画面になった。

どうやら主人公の名前を自分で決めなければならないらしい。

「ええと……か、か、柏……崎……」

「おい肉。なんで勝手にお前の名前にしてるんだ」

迷いなく名前を入力していく星奈に夜空がいちゃもんをつけた。

「あたしこそ主人公に相応しいからに決まってるじゃない」

星奈が即答する。

「却下。ここは部の代表である私の名前を入れるべきだ」

「いつからあんたが部の代表になったのよ馬鹿《ばか》キツネ」

「……主人公は男なんだから俺の名前で」

「『却下』」

俺の呟《つぶや》きに二人はハモって即答した。そうだろうとは思ったけどさ……。

「……まあ、ゲーム持ってきたのは星奈なんだから、命名権くらいは星奈に譲るのが妥当じゃないか？」

俺が言うと夜空は渋々と言った顔で、

「……しょうがないな。心の広い私が譲ってやろう」

「ふん、わかってるじゃない小鷹《こだか》」

星奈はまず「せ」の文字を入力、そのあと「な」にカーソルを合わせ、

「やっぱり気に入らない」

いきなり夜空が星奈の持つコントローラーに手を伸ばし適当にカーソルを動かしてでたらめな文字を入力しスタートボタンを押した。

「なにすんのよ馬鹿《ばか》！」

星奈《せな》が怒鳴るも、既に名前は決まりゲームの本編が始まってしまった。

メッセージ画面で主人公の語るモノローグが表示される。


僕の名前は柏崎《かしわざき》せもぽぬめ。自分で言うのもなんだが、ごく普通の男子高校生だ。


「誰《だれ》よせもぽぬめって！」

「きっとこれが神に与えられた主人公の名前なのだろう」

「んなわけあるか！」

しれっと言う夜空《よぞら》に怒り心頭の星奈。

「結構いい名前じゃないか。いっそこの機会に肉もせもぽぬめに改名したらどうだ？　星奈って言いにくいし」

「どこが言いにくいのよ!?　二文字じゃない！　せもぽぬめの方が超言いにくいわ！」

「星奈という名前は口に出すだけでムカムカしてくるのだ。頭に浮かべただけでなんとなくイラッとするし」

「あたし自分の名前をここまでこき下ろされたの初めて！」

「リセットするのも面倒だし、この名前でいくぞせもぽぬめ」

「せもぽぬめはゲームの主人公の名前！　あたしは星奈！」

夜空は薄く笑う。

「よし、肉もゲームの主人公名をせもぽぬめと認めたことだし、さっさと進めろ」

「あっ⁉　……くううう……！」

涙目で悔しげに呻《うめ》きつつ、星奈は渋々ゲームを進める。

主人公せもぽぬめの現在の状況が説明される。

高校に入学したばかりの、何の特徴もないごく普通の少年である柏崎せもぽぬめは、充実した学園生活を送りたいと思っているらしい。

「……せもぽぬめって名前はすごい特徴のような気がするんだが」と俺《おれ》。

「絶対いじめられる名前だな。ＤＱＮネームというレベルじゃない。柏崎さんちのご両親はきっと生まれた子供を微塵《みじん》も愛してなかったんだな可哀相に」と夜空。

「あ、あんたが付けたんでしょうが……！」

リアル柏崎さんちのお子さんは泣きそうな顔で文章を進める。

入学式が終わって自分のクラスに行くせもぽぬめ。

そこへ一人のチャラい感じの茶髪の男子生徒が声をかけてくる。

「ようっ、せもぽぬめ」

『ようっ』だけが音声付きで、『せもぽぬめ』には声がなかった。そりゃそうか。

説明によればこの男子生徒はせもぽぬめの中学時代からの親友らしい。

「馬鹿《ばか》な……既に親友がいる、だと……!?」

俺《おれ》は愕然《がくぜん》とした。

親友がいるにもかかわらず、高校では充実した学園生活が送りたいだとか贅沢《ぜいたく》なことを言っていたのかこの男は。

「自分がどれだけ恵まれた環境にいるか自覚したことのない奴はこれだから！　お前みたいな奴が『パンがなければケーキを食べればいい』とか言うんだ……！」

俺は早くも主人公のことが嫌いになった。

「小鷹《こだか》顔が怖い。ていうか、キモい」

夜空《よぞら》が冷たく言った。

この親友の名前は鈴木マサルと言うらしい。

彼もまた充実した学園生活を送りたいと思っているらしく、そのためにはやっぱり可愛い女の子と仲良くなるのが一番だと主人公に力説する。

マサル曰《いわ》く、女の子と仲良くなれば買い物に行ったり遊びに行ったり修学旅行や文化祭で楽しく過ごせるらしい。

「いいこと言うわねチャラ男のくせに。まさにあたしはそういう友達がほしいのよ。やっぱりこのゲームで正解だったようね」

星奈《せな》が満足そうに頷《うなず》いた。

マサルはさらに、この学校には可愛い女の子がたくさんいるから女の子の情報を教えてほしければいつでも教えてやるし、モテるためのファッションや気の利いた会話の仕方もアドバイスしてやると言う。

「……マサルは何故《なぜ》ここまでせもぽぬめに献身的《けんしんてき》に尽くすのだ？　弱みでも握られているのか？」

夜空が訝《いぶか》る。

「それが友情じゃないか。友情は見返りを求めないものなんだよ。なんていいやつなんだマサル……ひたすらマサルとの友情を育むことはできないのか？」

「どうでもいいわよこんなチャラ男」

星奈はさらに進める。

すると一人の女の子が主人公に親しげに話しかけてきた。

彼女は隣の席の藤林《ふじばやし》あかりさんで、黒髪ロングの柔和《にゅうわ》かつ真面目《まじめ》そうな雰囲気の少女だ。

「入学したばっかりで不安だったんだけど、隣がいい人そうでよかった。これから仲良くしてね、柏崎《かしわざき》くん」

そう言って微笑《ほほえ》むあかりさん（例によって『柏崎くん』にはボイスはない）。

と、そこで画面に選択肢が現れた。彼女に対する受け答えを自分で選ぶらしい。

この選択によって、彼女のせもぽぬめに対する印象が変わるのだろう。まさにシミュレーションって感じだ。

選択肢は全部で三つ。

▼1「こちらこそよろしくね！　あかりちゃん」
2「ああ、よろしく藤林《ふじばやし》さん」
3「……馴《な》れ馴《な》れしい女だな。消えろ」

「3ね」「3だ」

星奈《せな》と夜空《よぞら》は迷わず断言した。

「なんで3!?　一番ありえねえだろ!?」

驚く俺《おれ》に、

「ハァ？　入学初日にいきなり知らない男に声をかけてくるような女が信用できるわけないじゃない」

「ああ。きっとこの女、クラスの男全員に同じことを言ってるぞ」

口々に言う星奈と夜空。

「いやいやいや、真面目《まじめ》そうな娘《こ》じゃないか」

夜空が「ふん」とせせら笑う。

「こういうのに限って本当はビッチなのだ。ほら、クラスに一人はいるだろう、清純そうな見た目で裏では男を食いまくってる女」

「そんなあるあるトークのようなノリで言われても！　いるのかそんなやつ？」

「知らないけどきっといる。最近のJK《JK》はビッチばっかりってネットに書いてあったし」

……お前もその最近の女子高生なわけですが。

「それじゃ、3で決定でいいわね」

そう言って星奈は3を選んだ。

藤林さんが悲しそうな顔をする。

「ご、ごめんね、柏崎《かしわざき》くん……たしかに初対面なのにちょっと馴れ馴れしかったかも……今度から気をつけるから、気を悪くしないでね」

かわいそうなくらい落ち込んだ様子で藤林さんは去っていった。

「今度から気をつけると言えば何でも許されると思っているのか？　その場しのぎの謝罪だけで、本当は自分が悪いなんて微塵《みじん》も思ってないことが丸分かりだな」

「ふん、外面がいいだけのビッチに用はないのよ。てめーはそのへんの頭悪いチャラ男とでも乳繰りあってろバァァァァカ！」

既に画面からいなくなった藤林さんを夜空と星奈はさらに罵《ののし》った。最悪すぎる。

俺《おれ》はふと、ゲームの説明書を読んでみた。

キャラクター紹介ページの一番最初に藤林《ふじばやし》さんが載っていて、「争いごとが嫌いな優しい性格で、誰《だれ》とでも仲良くしたいと思っている」と書かれている。

ごめんな藤林さん……せもぽぬめなんて最悪なヤツと隣の席になったのが不運だと思って諦《あきら》めてほしい……。

☺

藤林さんとの会話が終わると、主人公は家に帰った。

すると主人公のステータスと、幾つかのアイコンが表示される画面に切り替わる。

説明書によれば、次の一週間で「勉強」「スポーツ」「バイト」「お洒落《しゃれ》」などの中からどれを重点的に頑張るかを選択するらしい。

勉強を頑張ればせもぽぬめの学力が上がり、スポーツを頑張れば運動能力が上がるといった具合で、パラメータがある程度高くなると他《ほか》の女の子との出会いイベントが発生するらしい。

「……実力がない者は女子と知り合うことさえできないとは世知辛いな。さすがシミュレーションを名乗るだけある。まるで現実のようだ」

感心する夜空《よぞら》。星奈《せな》も、

「なんの優れたところもないボンクラに意味もなく声をかけてきたさっきの藤林って女がいかに男好きのビッチだったか、ここからも推し量れるというものね」

たまたま隣の席の男子に声をかけただけで酷い言われようだった。

「藤林あかりはただ優しくて親切なだけだろ。説明書にそう書いてあるし……」

星奈はせせら笑う。

「そんな上っ面だけのプロフィールが信じられるわけないじゃない。そんなもんキャラ作りに決まってるわ。スリーサイズですら信じられるかどうか」

「説明書に嘘《うそ》を書いてどんな得が!?」

「あーやだやだ。こういう馬鹿《ばか》な男がアイドルの公称スリーサイズとか鵜呑《うの》みにしてハァハァ言ってるわけね」

……なんで俺、こんな蔑《さげす》むような目で見られないといけないんだろう……？

せもぽぬめの初期能力はおしなべて低く、「頭が悪いやつは嫌い」という夜空と星奈の共通した志向から、とりあえず勉強を頑張って学力を集中的に上げることにした。

ノートと鉛筆のアイコンを選択すると、主人公と思しきデフォルメキャラが勉強をしているアニメが表示され、それに伴って「学力」のパラメータが伸びていく。入学当初からひたすら勉強なんて、なかなか立派なヤツだせもぽぬめ。

「……勉強すればするだけ伸びるとは、こいつは最初どれだけパーだったんだ？」

冷めた目で夜空《よぞら》が言った。そう言われるとそうかもしれない。

一ヶ月ほど平日も休日もひたすら勉強を続けると、最初は20程度だったせもぽぬめの学力は１００を突破した。

「……最初がどれだけ悪かったにせよ、一ヶ月で学力五倍ってすごくね？」

「こいつの勉強法をまとめた本を出せば売れそうだな」と夜空。

と、急に画面が切り替わった。

背景を見る限り場面は図書館のようだ。

勉強に疲れたせもぽぬめは、ちょっと気分転換に本でも読もうと席を立つ。

せもぽぬめが面白そうな本を見つけて手に取ろうとすると、同時に同じ本を取ろうとした女の子がいた。

お下げ髪で眼鏡《めがね》をかけた大人しそうな美少女である。

彼女も主人公の恋人候補だ。説明書に攻略可能キャラと書いてあるから間違いない。

「あ、すみません」

慌てて手を引っ込める眼鏡美少女。

そこで選択肢が出現する。

▼1「こっちこそごめん」と彼女に本を譲る
2「この本は僕が先に手に取ったんだ！」と遠慮なく本を持って行く

どうせこいつらのことだから2を選ぶんだろうなと思ったけど、意外にも夜空と星奈《せな》が選んだのは1だった。

「本なんて読んでる暇があったら勉強しろせもぽぬめ」

「次のテストまでに学力200を目指してるんだからサボってんじゃないわよクズ。一位以外を取ったら許さないわよ」

……将来教育ママになりそうだなこの二人。

せもぽぬめが女の子に本を譲ると、彼女は恐縮しつつも嬉《うれ》しそうに微笑《ほほえ》み、せもぽぬめにお礼を言った。どうやらずっと読みたかったけど人気があって借りられなかった本らしい。なら自分で買えよ、と俺《おれ》は思った。

「あの、よろしければお名前を教えていただけませんか？」

「いいよ。僕はD組の柏崎《かしわざき》せもぽぬめ」

「柏崎せもぽぬめさん……いいお名前ですね」

「……なんという残念な感性……。こわ……」

「あんたがせもぽぬめなんて変な名前付けるからおかしく見えるだけよ！　星奈《せな》だったら普通の会話だったのに……」

ジト目の夜空《よぞら》に星奈は文句を言った。

少女の方は長田有希子《ながたゆきこ》と名乗った。それから彼女のおすすめの本を教えてもらったりといった会話をしたあと、自室の画面になった。

『長田有希子をデートに誘えるようになりました』と表示され、続けて、マサルに聞けば彼女の好きな場所や趣味《しゅみ》などを教えてもらえるらしいと説明される。やっぱりいいやつだなマサル。

「んー、とりあえずこの子と友達になってみようと思うけど文句ないわね？」

星奈が言う。

……友達になるんじゃなくて恋人になるのが目的のゲームなのだが。

「ビッチの藤林《ふじばやし》よりははるかにマシか。まあいいだろう」

夜空も同意したので、とりあえず最初の目標は文学少女（って説明書に書いてある）の長田有希子に決まった。

マサルに質問すると、長田有希子は最初の印象通り読書が趣味で、好きな場所は図書館。それ以外にも水族館や博物館、プラネタリウムなど、落ち着いた場所が好きらしい。

「そこまでわかっていてどうしてマサルは長田に手を出さないのだ？　あんなチャラチャ

ラした見た目のくせに」

「マサルは見た目はチャラいけど女より友情をとる男なんだよ。俺《おれ》にもマサルみたいな友達がほしい……」

釈然としない顔の夜空に俺が言うと、「キモい」の一言で切って捨てられた。

ともあれマサルのアドバイスに従い、せもぽぬめは長田有希子に、日曜日一緒に図書館へ行かないかと誘った。

図書館でのデートはとても上手くいき、次の週は水族館、その次は博物館とデートを重ねていった。

「はー、いいわよねこういうの。女同士で遊びに行ったりショッピングしたりするの」

うっとりしながらプレイを続ける星奈。

……一応、せもぽぬめは男という設定なのだが。

ともあれ、せもぽぬめと長田有希子の仲は順調に深まっているらしく、長田有希子は声をかけると嬉《うれ》しそうに頬《ほお》を赤らめるようにまでなった。

「はぁぁぁ〜〜〜〜♥　可愛いわこのコ、ほんと可愛い……女の子が自分を慕《した》ってくれるのって最高！」

星奈は長田有希子のことがいたくお気に召したらしく、ものすごくのめりこんでいた。

夜空の方も相変わらずムスッとした顔ながら、「……ふん、まあ、割といいやつじゃないか……」なんて口にしていた。

長田有希子《ながたゆきこ》の攻略は順調に進んでいるかのように思われた。

しかしある日、せもぽぬめが長田有希子に放課後一緒に帰ろうと言うと、彼女は何故《なぜ》か怒った様子で去っていってしまった。

「な……⁉」

「ちょっ、な、なんで⁉　どうしたの有希子⁉」

夜空《よぞら》と星奈《せな》が愕然《がくぜん》とした顔をする。

画面が主人公の自室へと切り替わる。

と、そこでマサルから電話がかかってきた。

マサルの話によると、どうやら女子生徒の間で**「せもぽぬめが藤林《ふじばやし》あかりを傷つけた」**という悪い噂《うわさ》が流れているらしい。

「長田有希子が急に冷たくなったのはこれが原因か」

「はあ？　どういうことよ小鷹《こだか》」

「一人の女の子に嫌われると、悪い噂が流れて連鎖的《れんさてき》にそれ以外の女の子も主人公に悪い印象を持つようになってしまうって説明書に書いてある」

長田有希子一筋でゲームを進行させている際にも、たまに藤林あかりが出てきて主人公と会話することがあった。

そのとき星奈《せな》と夜空《よぞら》は毎回、最初の会話のときと同じように「とっとと失《う》せろ」だの「お前なんかに用はない」だの酷い選択肢ばかりを選んでいたので、そりゃ嫌われるだろう。

「……つまりあたしが有希子《ゆきこ》に嫌われたのは、藤林《ふじばやし》があたしの悪口を学校中に触れ回ってるからなのね……あの腐れビッチ……！」

憎々しげに星奈が呻《うめ》く。

「いや、そういうことじゃないと思うんだが……」

「許せない……絶対に許せない……卑怯者《ひきょうもの》……今度会ったら殺してやる……」

聞いてねえし。

「……ちなみに説明書には『評判が悪くなってしまったら早く謝って仲直りしよう』って書いてあるぞ」

「ハァ⁉ なんであたしがあのクソ女に謝らないといけないの⁉ 仲直りもなにも、あの雌豚《めすぶた》と仲良くなった覚えなんてないわ！」

「いやでも、これ以上評判が悪くならないようにしないと……」

「自分が悪いわけでもないのに、勝手に話しかけてきて勝手に傷ついたなどとぬかすバカ女に頭を下げるなんてまっぴらだ」

夜空も不愉快そうに言った。

「意見が合ったわね。あたしは絶対に謝らない。それに有希子ならきっと誤解だってわかってくれるはずだわ。あたしは有希子を信じる」

力強く言って、星奈は藤林に謝ることなくゲームを続行した。

……しかしもちろん信じてもダメだった。

悪い噂《うわさ》はますます広まる一方で、次第に長田《ながた》有希子は電話にも出てくれなくなった。

ついにはマサルまで**「お前とつるんでると俺《おれ》まで女の子に嫌われるから……」**と言って離れていった。

そして一年目が終わったとき、いきなり画面がブラックアウト。


その後の僕の人生はずっと灰色のままだった。

親友にまで見放され、勉強もスポーツも何をやってもうまくいかなかった。

卒業後は就職したものの安い給料で毎日遅くまでこき使われ、親しい友人もなく結婚もできず一人寂しく年老いて人知れず生涯を終えた。

もしも人生をやり直せるなら、今度はもっと充実した学園生活を送りたいな……。


……そんな切なすぎるせもぽぬめの独白が流れ、どんよりしたBGMとともに『GAME　OVER』の文字。

「…………」

俺《おれ》たちは無言でテレビ画面を見つめていた。

「…………ひっく」

小さなすすり泣きが聞こえた。

「ぐすっ……有希子《ゆきこ》……信じてたのに……っ」

星奈《せな》がコントローラーを片手にマジ泣きしていた。

マジかよ……どんだけ感情移入してプレイしてたんだこいつ……。

「……藤林《ふじばやし》あかり……ブチ殺す……」

夜空《よぞら》がドス黒いオーラを纏《まと》って立ち上がり、ゆらゆらした足取りで部室を出て行く。どこへ行く気だ。

部室に星奈がすすり泣く声だけが響き、俺はいたたまれなくなって部室を出て、そのまま家に帰った。

☺

で、その翌日。

「はいこれ」

俺が部室に入ると、中にいた星奈が寄ってきて俺に何かを突きだしてきた。

見ればそれは昨日部室でプレイしたゲームソフト『ときめいてメモリーデイズ7』だった。

「貸したげるから帰ったらすぐにやりなさいよね」

訝《いぶか》る俺に星奈は言う。

「こんな素晴らしいものをやらないなんて人生を損してるわ。特に藤林あかりの三年目のイベントなんてマジ泣けるんだから」

昨日とはうってかわって上機嫌な星奈に、俺はますます困惑する。

「……お前昨日散々、藤林あかりのことをビッチだの雌豚《めすぶた》だの罵《ののし》ってたじゃないか」

「あかりのことを悪く言わないで！」

真顔で怒られた。べつに俺が悪く言ったわけじゃないのに。

「いい？　あかりはね、幼い頃《ころ》に両親を亡くしてずっとひとりぼっちで苦労してきたの！それでも世界を恨むことなく、周囲に笑顔を振りまいてるのよ！」

「お前らとは正反対だな」

「あぁ？」

「……なんでもない」

怖かったのでごまかした。

「もちろん有希子もいいわよ。実は有希子の正体はねえ……あー、でもこれ言うとネタバレになっちゃうわね……有希子《ゆきこ》も絶対に攻略すること！　いいわね！　ていうかアイナも美帆《みほ》も菜摘《なつみ》も観月《みづき》も可憐《かれん》もみんないい子なのよ！　だから絶対全員のエンディングを見るべきだわ。わかった？」

ものすごく嬉《うれ》しそうな顔で星奈《せな》は言う。

どうやらゲームオーバーのあと一人で再挑戦したらしい。そして一夜にして全ての女の子を落としてしまったのだろう。よく見れば目にクマができてるし。

「……まあ、気が向いたらやってみるよ」

若干引きつつ俺《おれ》が言うと、

「ダメ。気が向いたらじゃなくて絶対やること。これは義務よ。『ときメモ』は全ての国民がプレイすべき作品だわ！　これはただのゲームなんかじゃなくて……言うなればそう……人生、かしらね……」

真剣な顔でとても残念なことを言う星奈に、俺は顔を引きつらせて立ち尽くすしかなかった。

☺

その日、家に帰ったあとのこと。

仕方なく星奈に言われたとおり家で『ときメモ』をプレイしたのだが、文化祭や修学旅行などで誰《だれ》かと一緒に過ごす選択肢が出たとき全てマサルを選択していたら、どの女の子とも結《むす》ばれることなくエンディングの卒業式の場面でマサルが登場し、**「女っけのないむさ苦しい高校生活だったけど、お前と一緒でけっこう楽しかったぜ。ま、卒業してもよろしくたのむ」**と苦笑された。

いわゆるバッドエンドなのだが、俺はとても満足だった。

舎弟

「なんか最近、誰《だれ》かに見られてる気がするんだよな……」

ある日の放課後、部室にて。

俺《おれ》が深刻な顔でぽつりと呟《つぶや》くと、

「ふう……」

夜空《よぞら》はなにか可哀想なものでも見るかのような目を俺に向けて嘆息し、

「はっ」

星奈《せな》はめちゃくちゃバカにした感じで笑った。

「く……」

半ば予想どおりの反応ではあったものの、やっぱり悔しかった。

「本当のことなんだよ」

「そうか。それならば本当なのだろう」

憮然《ぶぜん》とした顔で食い下がると、夜空はあっさり認めてくれた。

「……あっさり信じるんだな？」

「ああ信じよう。小鷹《こだか》が『誰かに見られている気がする』のが本当だと」

全然信じてなかった。

「……トイレの時とか、飯食ってるときとか、廊下歩いてるときとか、なんか妙な視線を感じるんだ」

「それあんたを警戒してるだけじゃないの？」

星奈の推測を俺は否定する。

「違う。そういう視線には慣れてるからはっきり違いがわかる。そういうのは大体こっちが目を向けると慌てて逃げてくしな」

「悲しい生活ね」

「うるせえよ」

改めて言わないでほしいますます悲しくなる。

「具体的にはどういう視線なのだ」と夜空。

「……具体的……うーん……なんていうか、俺のことを観察してるっていうか、妙に冷えた感じっていうか……こっちが目を向けると消えるんだけど、目を逸らすとまたすぐに視線を感じるようになる」

「小鷹、あなた疲れてるのよ」

「『×《ばつ》ファイル』のヒロインみたいなこと言うな」

「もしくは憑《つ》かれてるのよ」

「何に⁉」

「知らないわよそんなの。変なヤンキーが幅をきかせてることに怒った、二十年前に死んだ番長の霊とかじゃない？」

「ふん、そんなわけないだろう」

星奈《せな》の言葉を夜空《よぞら》が否定した。

「夜空の言うとおりだ。幽霊なんて――」

「この学校は十五年前まで女子校だったからな。二十年前だと番長ではなくスケ番と呼ぶのが正しい」

「そういえばそうだったわね」

「ちげえよ！　番長だろうがスケ番だろうがどうでもいいんだよ！　幽霊なんかに取り憑《つ》かれてたまるか！」

全力で否定する俺《おれ》に、星奈はうるさそうに、

「だったらなんなのよ？　どこの物好きがあんたなんか観察してるわけ？」

「む……」

言われて言葉に詰まる。

「……他《ほか》の不良って線は俺も一応考えたんだよ。何か心当たりないか？」

もちろん幽霊なんかじゃないし、『他の』というのは便宜上のもので俺は不良ではない

のだが。

「うーん……目立つ新参者をシメてやろうなんて血の気の多い生徒の話は聞かないわね。うちの学校の生徒ってみんな大人しいから。飼い慣らされた家畜みたいに」

「同じ学校の生徒にその表現はどうなんだ……？」

とりあえずツッコみつつ、

「夜空は？　何か心当たり」

「バカめ、交友関係が壊滅状態の私が学校の噂話《うわさばなし》など知っているわけがないだろう」

何故《なぜ》か妙に誇らしげな夜空だった。

「他の不良でないとすると……風紀委員とか？」

「この学校に風紀委員なんてないわよ。必要ないから」

「……なるほど。となると……やっぱりアレかな……」

「あれ？」

怪訝《けげん》な顔をする星奈。

俺は少し躊躇《ためら》いながら、

「……あれだよ……その…………ストーカー……」

「…………」

俺《おれ》の発言に、夜空《よぞら》と星奈《せな》が硬直し——数秒後、

「あはははははははははは！　びゃははははははははは！　くはははははははははははははははははは！」

星奈は爆笑した。

「あひゃひゃひゃ、バッカじゃないの!?　小鷹《こだか》それ本気で言ってんの!?　あひゃひゃひゃは！　あ、あんたみたいなヘタレヤンキーをつけ回すストーカーがこの世にいるわけないじゃない！　つーか小鷹わかってる？　ストーカーの動機の九割は恋愛感情のもつれなのよ!?　もつれましたかー!?　この学校に来てから恋愛がらみでもつれましたかー？　そもそもそういう桃色エピソードが一つでもありましたかバァァァアカ！」

「ぐ……っ」

星奈にすごい勢いでこき下ろされ、顔が熱くなる。

ふと夜空を見る。

きっとこいつもすごい勢いで俺を罵《ののし》ってくるに違いないと思いきや、

「……」

夜空は無言で立ち上がり、カップにコーヒーを入れて俺の前に置いて、あ、あろうこと

か優しく微笑《ほほえ》んだではないか……！

なにを言っているのかわからないと思うが、俺もなにがなんだかわからない……。

「ほら、冷めないうちに飲め、小鷹……」

「や、やめろよ……急に優しくするなよ……」

夜空が心優しい『きれいな夜空』になってしまうほど俺の発言はアレだったのかと泣きそうになる。星奈のストレートな嘲笑《ちょうしょう》よりも何倍もダメージが大きかった。

「ふっ、自分より哀れな人間を見ると人は優しくなれるというのは本当だな」

「同情がときに露骨な悪意よりも人を傷つけることをお前は知るべきだ！」

「もちろん承知の上だ」

「なおさらタチ悪ぃな！」

この女、もっとも心にダメージを与える方法を知ってやがる……。

「ああもう、たしかにいきなりストーカー認定はやりすぎだったよ！　言葉のはずみだよ！」

ムキになって言う。

「でももしかしたらあるかもしれないだろうが！　なんつーかその……れ、恋愛がらみのエピソードが俺にも！」

「……つまり小鷹に密かに想いを寄せる少女が、小鷹のことを草葉の陰からこっそり観察していると？」

ジト目とはこういう目のことをいうのだというくらい見事なジト目で言う夜空《よぞら》。

「……いや草場の陰ではないと思うけど、まあ、そういう可能性もあるかもしれないというか、なきにしもあらずというか……あってほしいなあというか……」

だんだん自信がなくなってきたので声は尻《しり》すぼみになった。

「言ってて恥ずかしくない？　その妄想」

「妄想とまで……!?」

星奈《せな》の暴言に俺《おれ》は屈辱に震える。

「……もういい。お前らに相談した俺が馬鹿《ばか》だった」

憮然《ぶぜん》として席を立つ俺に、

「待つのだ小鷹《こだか》」

夜空が言った。

「同じ部の仲間が困っているのを放ってはおけない。そのストーカーを捕まえるのに協力してやろう」

「べつにそんなに困ってないし多分ストーカーじゃないんだけど」

「細かいことはいい。だって休み時間は暇だし」

暇つぶしかよ。

まあ妙に親切な『きれいな夜空』よりは気持ち悪くないからいいけど。

「……ふん、夜空が協力するなら仕方ないからあたしも手伝ってあげるわ。あたしは暇じゃないけどね」

夜空に張り合って星奈も協力を申し出た。

……なんかまた厄介なことになりそうな気配に、俺は謎《なぞ》の視線についてこの二人に言ってしまったことを改めて後悔した。

☺

翌朝。

いつもと同じく予鈴が鳴る三十分前に登校してきた俺を、夜空と星奈が校門で待っていた。

「遅いぞ。やる気があるのか小鷹」

「このあたしを待たせるなんていい度胸ね」

朝弱いのか、二人とも普段よりさらに機嫌が悪そうだった。

「……いや、例の視線を感じるのはいつも学校が始まってからだから、早く学校に来ても意味ないと思うんだが」

「『な……!?』」

俺《おれ》が言うと二人は顔を引きつらせ、

「そういうことは先に言え！」

「このあたしに一時間も浪費させるなんて……！　しかもこいつと二人で！」

「それはこちらの台詞《せりふ》だ肉。生臭い肉との無言の一時間はじつに不愉快なものだった」

どうやら一時間も前から来て、会話もせず待っていたらしい。

集合時間なんて決めてなかったのに。

「……まあ、とりあえずごめん……」

釈然としないながら、とりあえず謝る俺だった。

☺

ホームルームが終わると、教室が少しざわついた。

星奈《せな》が俺のクラスまでやってきたのだ。

「それじゃ行くわよ」

「ああ」

「命令するな肉」

星奈が言って、俺と夜空《よぞら》は彼女について教室を出る。

特に目的があるわけではなく、授業が始まるまで適当にぶらつくだけだ。

「……ふむ……たしかに妙な視線は感じるな」

廊下を歩きながら夜空が小声で言った。

「ええ……小鷹《こだか》の妄想じゃなかったのね」

真剣な顔で頷《うなず》く星奈。

「……シリアスな雰囲気のところ悪いんだけど」

俺はジト目で言う。

「……たしかに視線はすごく感じるよ。でもこれ、俺が言ってたやつじゃない……」

「「？」」

夜空と星奈は怪訝《けげん》な顔をした。どうやら気づいていないらしい。

「なんか普通の生徒からもめちゃくちゃ注目されてるんだよ！　これじゃ謎《なぞ》の視線の主を見つけるどころじゃねえ！」

「「あ……」」

右に夜空、左に星奈。

あぶれ者の不良（べつに俺は不良じゃないけど）に、顔だけはやたら綺麗《きれい》な黒髪の美人と、一部の男子生徒の間では女王様扱いされているらしい金髪碧眼《きんぱつへきがん》の美少女。

ただでさえ目立つ人間が三人一緒に歩いていたら、例の視線の主以外の人間だって注目する。

無数の視線に紛れてしまい、誰《だれ》が目的の相手なのかさっぱりわからない。

……それに、いつもの観察するような視線ではなく、何やら怨念《おんねん》のような嫌な感じのものまで混じっている気がするのだが……。

「もう。これじゃクラスの男子どもを『今日は大事な用事があるからあんたたち虫けらどもの相手をしてあげてる暇はないの。散れ散れ』って追い払ってまで協力してあげた意味がないじゃない」

「それが原因か！」

……耳を澄ますと、「……うう……星奈《せな》様……おいたわしや……」だの「美少女二人もはべらせやがって……」だのといった呟《つぶや》きが聞こえてきた。

「違う、俺《おれ》は……！」

慌てて声のした方を見ると、そちらにいた生徒たち数人がびくっとした顔で、そそくさと目を伏せて去っていった。

「ふむ、今のはあれだな。チンピラの『なにガンつけてんだよあぁん!?』というやつだな。リアルで見るのは初めてだ」

淡々と夜空《よぞら》が心外なことを言った。

……その日、**羽瀬川小鷹《はせがわこだか》が美少女二人をむりやり手込めにして連れ回していた**という噂《うわさ》が学年中を駆け回った。

☺

「あの野郎……かどうかは知らないけど、絶対に捕まえてやる……」

放課後。

俺は周囲に注意を払いながら校内をうろついていた（もちろん一人で）。

例の視線は、他《ほか》の生徒たちの好奇の視線に混じって今日も感じた。

これまでは実害はなかったから放置しておこうとも考えたけど、やつのせいでまた妙な悪評が立つことになったのだ。

とりあえず文句の一つでも言ってやらないと気が済まない。

……なんか理不尽な怒り方をしている気がしなくもない。

例の視線は今も感じる。

好奇の視線に混じって、こちらを観察するような冷静な眼差《まなざ》し。

俺はとりあえず人気のない方へ人気のない方へと歩く。

階段を上がり、資料室などあまり使われていない教室が並ぶ階へ。

好奇の視線がなくなり、例の視線の気配だけになる。

ちらりと後ろを見ると物陰に誰《だれ》かが隠れているのがわかった。

気づかないフリをして、誰もいない廊下を少し足早に歩く。

校舎の端まできて、角を曲がったところで壁際に待機。

数秒後、
どんっ。

「ひゃ」

誰かが俺《おれ》の身体にぶつかって、どこか気の抜けたような悲鳴を上げて尻餅《しりもち》をついた。

こいつが俺を見ていた犯人だろう、多分。

俺はそいつの顔をじっと見て……

「…………」

思わず少し見とれてしまった……。

そいつはものすごく可愛い顔をしていた。

清純な印象を受ける少し幼い感じの顔。

ややキツい感じのする夜空《よぞら》や星奈《せな》と違って、まさに美少女という表現がぴったりだった。

しかしその服装に違和感を覚える。

……その美少女は、何故《なぜ》か男子の制服を着ていた。

「……？　？？？」

脳内に大量のハテナを浮かべる俺の前で、彼女？が立ち上がる。

それから少しぼーっとした感じの無表情で、

「これはいわゆる」

「……？」

「かつあげ、というものですね」

「違う！」

何故かほんの少し嬉《うれ》しそうな声で言う彼女？に、俺は全力でツッコんだ。

☺

「わたくしは、楠《くすのき》　幸村《ゆきむら》ともうします。いちねんいちくみです」

尾行していた少女？をとりあえず部室に連れて行ったところ、彼女？は抑揚のない柔らかな声でそう名乗った。

それからごそごそと鞄《かばん》から財布を取り出して、何故か俺に差し出してきた。

「？」

「三千円しかはいっていませんが、かんべんしてもらえますか」

「だからカツアゲじゃねえって言ってるだろ！」

こいつは俺《おれ》のことをどういう目で見てるんだ。

「……楠《くすのき》 幸村《ゆきむら》……なんか戦国武将みたいな名前ね」

星奈《せな》が言った。

部室には星奈と夜空《よぞら》もいて、二人は俺が彼女？を連れてくると「下級生に男子の制服を着せて連れ回すとは……小鷹《こだか》の特殊性癖には驚くばかりだ……」だの「誰《だれ》それ？　あんたの新しい財布？」だの酷いことを言った。

「さようです」

星奈の言葉に幸村と名乗った少女？は頷《うなず》いた。

「真田幸村のごときりっぱなにっぽんだんじになるようにという、父上と母上のねがいがこめられた名前なのです」

「……日本……男児？」

夜空が眉《まゆ》をひそめた。

「……あの。あんまり考えないようにしてたけど……まさかお前、男なのか？」

俺がおそるおそる尋ねると、幸村はぼーっとした無表情のまま首を傾《かし》げた。

「みてのとおり、わたくしはだんしですが？」

「……いや、見ての通りじゃねえから……」

「？」

不思議そうに幸村はまたも少し首を傾げる。その仕草がやたらと可愛かった。

……まあ、女みたいな顔の男だって世の中にはいるだろうし、本人が言うのだから性別は男で間違いないのだろう……まだちょっと信じられないけど。

「……まあ性別のことはさておき……幸村？　なんでこそこそ俺をつけ回してたんだ？」

俺が尋ね、夜空と星奈も幸村に注目した。

幸村は相変わらず表情一つ変えず淡々と、

「じつはわたくし、いじめをうけているのです」

「……いじめ……」

幸村の言葉を反芻《はんすう》し、俺は憂鬱《ゆううつ》な気持ちになった。

ヤンキーっぽい外見のやつ（つまり俺だ）が浮いてしまうほど穏やかな校風のミッションスクールでも、やっぱりいじめはあるのか……。

「この学校でもあるんだな、そういうの……」

「当たり前だろう。いじめがない学校など存在しない」

平然と夜空《よぞら》は断言した。

……肯定したくはなかったが、俺《おれ》も夜空とほぼ同じ意見ではあった。

転校を繰り返しいろいろな学校に通ってきた俺だが、ほとんどの学校でいじめやいじめの気配はあった。

「なんであるんだろうな、いじめなんて」

「楽しいからだろう」

当然のように夜空はさらりと言い放った。

「……楽しいか?」

「実行するかどうかはさておき、ほとんどの人間はいじめ……自分が傷つかずに他者を攻撃するのが本能的に大好きだ。虫や蛙《かえる》を殺してみたり裏サイトや匿名掲示板で気に入らない相手を叩《たた》いてみたりブログを炎上させてみたり。いじめる相手に失言や反社会的行為などの落ち度があれば、大義名分を得てさらに気持ちよくいじめられる」

「……さすがリアルいじめっこ」

俺が皮肉混じりに言うと、夜空は憎々しげに俺を睨《にら》んだ。

「私をそんな連中と一緒にするな」

底冷えするような声音。

どうやら本気で怒らせてしまったらしい。

「そ、それがどうして小鷹《こだか》をつけ回すことになるの？」

深刻な空気を嫌ったか、星奈《せな》が慌てた様子で幸村《ゆきむら》に尋ねた。

そういえばたしかに、俺をつけ回していた理由が「いじめられているから」というのは因果関係がよくわからない。

幸村が答える。

「どうすれば小鷹せんぱいのようにつよくてかっこいいおとこになれるか、学ぼうと思ったのです」

「つ、強くてかっこいい……!?」

星奈が信じられないものを見たような顔をした。

「……このヘタレヤンキーが？」

幸村は少しだけはにかみながら（その表情がまた非常に可憐《かれん》だった）頷《うなず》いた。

「むれることなくさっそうと肩で風切って歩くそのおすがたは、まさしくりそうのにっぽんだんじのすがたです」

「群れることなくって……単に友達いないだけじゃない」

「うるせえよ」

憮然《ぶぜん》として俺は言った。

「つまらぬ規則にしばられることなく己の生きたいように生きるそのすがたは、ごうほうにしてらいらく。よくぼうのおもむくままに金品をうばい、いにそわぬものは力をもってはいじょし、びじょをはべらせしゅちにくりんのかぎりをつくす。人の世の善悪をりょうがし、神をもおそれぬそのふるまい、まさしくてんじょうてんげゆいがどくそん」

「ちょっと待て!? なんだその三国志の董卓《とうたく》みたいな暴君キャラは!? 俺《おれ》はちゃんと校則守るしカツアゲしたことも自分から暴力を振るったことも女を侍らせたこともない！」

詠うように俺を褒《ほ》め称《たた》える（？）幸村《ゆきむら》に全力でツッコむ。

するとと幸村はやんわりと笑い、

「またまたごけんそんを」

「謙遜《けんそん》じゃねえええええええ!!」

「ここ数日せんぱいの生活をひそかにはいけんしておりましたところ、やはり小鷹《こだか》せんぱいはうわさどおりの、おとこのなかのおとこでした」

「目が節穴にもほどがあるだろ！」

うっとりしたような視線を向けてくる幸村に、俺は冷や汗を浮かべた。

と、そこで夜空《よぞら》が言う。

「……つまり幸村は、いじめられることがないような強い男になりたいということか？」

「そのとおりです。わたくしもだんしとして生をうけたいじょう、小鷹せんぱいのごとくありたいものです。どうすれば小鷹せんぱいのような偉大な人物になれるでしょうか」

「い、偉大な人物とまで……！」

なんかベタ褒めされすぎて鳥肌立ってきた……。

「教えてあげれば？　どうすればあんたみたいになれるか」

気軽に言う星奈《せな》。

「そんなこと言われても……。大体、いじめってどんなことされてるんだ？　あんまり酷いようなら自分だけで解決しようとせずに先生とかを頼った方が……」

「はい。ぐたいてきには、同じがくねんのだんしたちがわたくしを仲間はずれにするのです」

淡々と言う幸村。

「仲間はずれ？」

「はい。たとえばたいくのじかんの前にわたくしがきがえをはじめると、なぜかまわりにいた人たちがみんなはなれてゆきます」

「…………」

……あれ？　なんか違和感が……。

「いっしょにあそんでいて汗をかいたので服をぬごうとしたら、急にみんないなくなってしまったり」

……。

「ほかにはどっじぼーるのときわたくしだけねらわれなかったり」

……。

「中学のときのじゅうどうのじかんなど、だれもあいてをしてくれなくてかなしかったです」

……。

「ほかの人たちがつれしょんに行くというのでわたくしもいっしょに行きたいといったらことわられてしまったり。といれにいったらおしっこをしていた人たちが、そそくさと出ていってしまったり」

……それ、いじめとかじゃなくて、幸村《ゆきむら》が女みたいな姿だからどう接していいかわからずに避けてるだけじゃないのか？

俺《おれ》だって幸村がいきなり男子トイレに入ってきたら、男だとわかっていても気まずくなると思うし。

「なあ、それっていじめじゃな――いてっ！」

いきなり夜空《よぞら》に頭をはたかれた。

「うんうん。それは可哀想だな。同情のあまりもらい泣きしてしまいそうだ」

微塵《みじん》も同情した様子などなく淡々と夜空が言う。

「はい。先日ゆうきを出してといれでおしっこをしているさいちゅうだったくらすめーとに、なぜわたくしを仲間はずれにするのですかとちょくせつたずねたところ、わたくしがおんなみたいだからと顔を真っ赤にしておこりながらいわれました。ぎゃくぎれというやつでしょう」

　怒ってたんじゃなくて恥ずかしかったんだと思う……。

「つまりわたくしが女々しいからこのようなしうちをうけるのです。ゆえにわたくしがおとこらしくなれば、きっといじめもなくなるにちがいないのです」

「だからそれいじめじゃなくて――」

　また夜空にはたかれた。

「……なんなんだよ夜空さっきから」

「ちょっと小鷹《こだか》は黙ってなさい」

　小声で言う夜空。再び幸村に、

「楠《くすのき》幸村。自らの力で困難に立ち向かおうというその姿勢、見事だ。小鷹のもとでしっかりと男の道を学ぶがいい」

「おい⁉」

「ありがとうございます。しかとまなばせていただきます」

「うん。ところで幸村。小鷹はこれで我が隣人部《りんじんぶ》の部員として忙しい身の上だ。お前が入部すればより身近で小鷹を観察することができるぞ」

「そうなのですか。では入部します」

「うん。ならこの入部届けに名前を書くのだ」

「はい。書きます」

さらさらさら——……。

夜空《よぞら》が手渡した入部届に、優美な文字で楠《くすのき》幸村《ゆきむら》の名が書き込まれていく。

なんてことだ……。

「……どういうつもりだよ夜空。こんな騙《だま》すような真似して……」

俺《おれ》が小声で尋ねると、

「人聞きが悪いことを言うな。幸村もまた人間関係に悩む同士。これからは同じ部の仲間としてともに協力して歩んでいこうじゃないか」

「……本音は?」

「こんな面白いバカを見逃すのはもったいないからとりあえずキープ」

「……」

「あと隣人部《りんじんぶ》専属のパシリがほしいなと常々思っていたのだ。なに、使えなければ捨てればいい」

「最悪だなお前!」

「いいではないか舎弟ができたと思えば。これで小鷹《こだか》もいっぱしの不良だな」

「なにがいいんだよ!?」

「しゃてい、ですか」

耳ざとく聞きつけた幸村が反応した。

「わたくしが、小鷹せんぱいのしゃてい」

「いや幸村。こいつの戯言《ざれごと》は無視していいから……」

「うれしいです」

心なしかうっとりしたような顔で幸村は言った。

「……は？」

「小鷹せんぱいのようなすばらしいおかたのしゃていにしていただけるなど、こうえいのきわみです。わたくし一所懸命ごほうしさせていただきます。小鷹せんぱいのためならどのようなことでもいたします」

「いや、あのな？」

「はい」

「う……」

これまでの人生で一度も向けられたことのないようなキラキラした憧憬《どうけい》の眼差《まなざ》しを送ってくる幸村に、俺は何も言うことができなかった。

「……まあその、頑張れ……」

「はい。ときに小鷹《こだか》せんぱい」

「あ？」

「あにきとおよびしても？」

「……好きにしてくれ」

投げやりな気持ちで頷《うなず》く俺《おれ》に、幸村《ゆきむら》はこれまた可憐《かれん》に顔をほころばせた。

強くかっこいい日本男児への道のりは遠そうだった。


本日の成果。

舎弟ができた。

……………順調にまっとうな学園生活から遠ざかっている気がする今日このごろです。

☺

そして翌日の昼休み。

授業が終わり俺が昼飯を買うために購買部へ行こうとすると、教室がざわついた。

この感じ、つい最近も覚えが……。

「あにき」

教室に入ってきたのは幸村《ゆきむら》だった。

上級生の教室だというのに物怖じする様子もなく平然と俺《おれ》の方へ歩いてくる。

うわー度胸あるなこいつ……。

「あにき。どうぞこれを」

俺の前までやってきた幸村は、手に抱えていたものをどさりと俺の机の上に置いた。

「……?」

カレーパン、焼きそばパン、コーヒー牛乳、そしてコミック本。

コミックの表紙には頭にフランスパンを乗せたような珍妙なヘアスタイルで長い学ランを身につけた目つきの悪い男が描いてあった。

「それではしつれいします、あにき」

「ちょ、ちょっと待て幸村！　なんだこれ？」

立ち去ろうとする幸村を慌てて呼び止める俺。

「あにきのおしょくじと、**やんきー漫画**です。よぞらのあねごに、しゃていなのだからしよくじとやんきー漫画を買ってくるのはじょうしきだとおそわりました」

何故《なぜ》か嬉《うれ》しそうに言う幸村。

「あいつ適当なこと言いやがって……！」

教室を見渡すが夜空《よぞら》の姿はなかった。

「もしやお気にめしませんでしたか」

幸村が不安そうに上目遣いで俺を見つめてくる。

この純朴な後輩の心を傷つけるような真似は俺にはできなかった……。

「そ、そんなことはないぞ。腹減ってたし、この……ええとなんだ……『最強ツッパリ伝説』とかいう漫画も、ちょうど読みたかったところだったんだ……いや本当に……楽しみだなあ……頭悪そ……あ、いや、難しいこと考えずに読めそうで……」

本当はパンよりもおにぎり派でコーヒー牛乳も好きではなく、もちろんヤンキー漫画なんて全然興味がないジャンルだった。

「よかったです」

顔をほころばせる幸村に、思わず顔が赤くなるのを感じた。

落ち着け俺、こいつは男だ……！

「……あ、あー、そうだとりあえず金払うよ。いくらだ？」

すると幸村は頭を振り、

「あにきからお金をいただくなんてとんでもありません。あにきのぱしりができることがわたくしにとってのほうしゅうなのです」

「いやいやそういうわけにも！」

「それではしつれいしますあにき」

ぺこりとお辞儀して、幸村《ゆきむら》はすたすたと教室を出て行ってしまった。

仕方ない……あとで幸村の財布の中にこっそり代金を入れておくことにしよう。

飯はともかくヤンキー漫画の代金はちょっと痛いなあ……。

……その日、**羽瀬川小鷹《はせがわこだか》がいたいけな下級生をパシリにしている**という噂《うわさ》が校内を駆けめぐった。

一応事実なのがもう本当にどうしようもない。

羽瀬川さんちの家庭の事情

学校が終わって俺《おれ》が家に帰ると、茶の間で妹が待機していた。

時刻は午後七時半。いつも帰る時間より少し遅かった。

「ただいま小鳩《こばと》」

羽瀬川小鳩、13歳、中学二年生。

俺の妹。

聖クロニカ学園の中等部に通っているが、俺の通う高等部の校舎と中等部の校舎は離れた場所に存在するため登下校で一緒になることはほとんどない。

髪の毛以外は普通の日本人的な外見の俺とは違って母親の血を色濃く受け継いでおり、色白の肌に綺麗《きれい》な金髪とブルーの瞳《ひとみ》を持つ完全に西洋系の容姿。

実の妹をこんなふうに言うのもアレだが……正直、相当な美少女だと思う。

美少女、なのだが……。

「……ククク……よくぞ戻った……我が半身よ……」

小鳩《こばと》は含み笑いをしながら言った。

そして椅子《いす》から立ち上がり、

「待ちかねたぞ……さあ……我《ワレ》に生贄《イケニエ》を捧《ささ》げよ……」

芝居がかった大仰な台詞《せりふ》を吐きながら、ゆっくりと両腕を左右に伸ばす小鳩。

服装はたしかゴスロリ？　というのだろうか、フリルがついた真っ黒なドレスで、洗濯するのが大変なので正直やめてほしい。

腕には全身につぎはぎのあるちょっとキモいウサギのぬいぐるみを抱きかかえている。

右目は赤――カラーコンタクトを入れている。

残念ながら、これが本当に俺《おれ》の妹です……。

「遅くなって悪かったな小鳩。腹減ったか？」

俺が尋ねると小鳩は不機嫌そうな顔になり、

「ふ……小鳩とは仮の名に過ぎぬ……我が真名《マナ》はレイシス・ヴィ・フェリシティ・煌《スメラギ》……偉大なる夜の血族の真祖なり……」

……本当に残念なことにこれが俺の妹だ。

もちろん名前はレイシス・ヴィ・フェリシティ・煌などではなく本名羽瀬川《はせがわ》小鳩。

「今の我は血に飢えている……ククク……早く生贄を差し出さねば汝《なんじ》に災いが降りかかることになろう……」

素直におなかがすいたと言え。

「ちょっと待ってな。今作るから」

学校帰りにスーパーに寄って買ってきた食材のうち、今日の夕飯に使うもの以外を冷蔵庫に入れながら俺は言う。

今日は運良くホタテが半額だったのでシーフードパスタだ。

しかしその前にレタスとキュウリとトマトとハムの、簡単なサラダを作る。

その後、鍋《なべ》にたっぷりの水を入れて火にかける。

湯が沸騰するまでの間にエビの殻を剥《む》きイカとたまねぎとほうれん草を切り、唐辛子とニンニクをみじん切りにする。

実はあさりも半額だったので買おうか迷ったのだが砂を吐かせるのに時間がかかるため今日はやめた。あさり入りパスタは休日にでも作ろう。

別のコンロでフライパンを火にかけオリーブオイルと唐辛子とニンニクでソースを作りつつ、魚介類を投入。

鍋でパスタを茹《ゆ》でながらフライパンで魚介類を炒《いた》め、十分に火が通ったら野菜も入れる。塩こしょうを散らしてソースの味を調え、茹で上がったパスタをフライパンの方に移しソースと絡める。

時間にして十五分ほどで今日の晩ご飯完成。

サラダとパスタを皿に盛りつけてテーブルへ持って行く。

「ほらよ」

「ククク……ご苦労……」

俺《おれ》が席につくのを待ってから、小鳩《こばと》は自分で用意したワイングラスにトマトジュースを注《そそ》ぐ。

「そんじゃ、いただきます」

「ククク……やはり処女の生き血は格別だ……」

「トマトジュースだろうが」

パスタを口に運びながらとりあえずツッコむ。

うちの妹はまあ、なんというか……見ての通りおかしい。

小学校までは尻《しり》に割《わ》り箸《ばし》を挟んで折ったりおならに火をつけることに情熱を燃やす普通の（ちょっと足りない）女の子だったのだが、中一のとき『鉄《くろがね》の死霊術師《ネクロマンサー》』とかいうファンタジーアニメにハマって以来、こんな妙な格好&言動をするようになってしまった。よく知らないがそのアニメには魔法使いとか吸血鬼とかが登場するそうで、アニメの世界観からパク……インスパイアされた『自分の考えた超かっこいい設定』のキャラになりきっているらしい。

まあそのうち飽きるだろうから今のところ放置している。

「……早く食わないと冷めるぞ？」

パスタを一本一本もそもそと食べている小鳩に言うと、

「……ククク……貴様ごときが我に意見するとはいい度胸だ……いかに我が血族とはいえ貴様は所詮《しょせん》使い魔に過ぎぬということを忘れては困る……」

「今はそういう設定なのか」

どうも小鳩の中で設定が固まっていないらしく、俺のことは『魂の片割れ』だったり『前世の恋人』だったり『闇の釜《かま》より産み出した下僕』だったりと安定しない。どうでもいいけど。

「あ、タマネギもちゃんと食えよ」

「……」

皿の端にタマネギを寄せている小鳩に注意すると、小鳩は憎々しげにフォークでタマネギを刺して口に運んだ。

うん、嫌いなものでもちゃんと食べるのはいいことだ。

レイシスとやらになったばかりの頃《ころ》はやたら好き嫌いが激しくて食事を半分以上残すこともあったのだが、一年ほど前の夕食のとき「……く、くう……っ、ま、魔力が暴走して……！」などと言いながらスープの皿をひっくり返し、父さんに「食べ物を粗末にするんじゃない！」とゲンコツでぶん殴られて以来、嫌そうな顔をしながらも食事は残さず食べるようになった。

「そういえば小鳩《こばと》、もう魔力は暴走しないのか？」

「あ、あんちゃんっ！」

俺《おれ》が何気なく言うと小鳩は顔を真っ赤にして叫んだ。

それからハッとしてすまし顔に戻り、

「……さ、さあて、何を言っているのかわからぬな……。太古の昔、我がまだ幼かった頃《ころ》にそのようなこともあったかもしれぬ……」

「太古ってお前いくつだよ」

「我はレイシス・ヴィ・フェリシティ・煌……一万年の時を生きる夜の血族……」

「一万年前……**縄文時代**かよ。すげえな吸血鬼」

「ククク……我ら夜の血族は、下等なる昼の種族《ニンゲン》どもがまだ森でウホウホやっていた頃から高度な魔術文明を誇っていたのだ……」

「それはすごいな。ごちそうさま」

パスタとサラダを食べ終わった。

晩飯がこれだけだと微妙に物足りない感じ。

あとで夜食に何か作るか……。

「……ときに我が半身よ。最近我への供物が貧相ではないか？」

物足りないと思っていたのは小鳩も同じらしかった。

「部活あってあんまり早く帰れないから仕方ないだろ」

料理に割ける時間が減ったため、どうしてもあまり手のかからない料理が多くなり、おかずも少なくなってしまう。

今日はまだマシな方で、疲れているときなどは温めるだけのパスタソースやレトルトカレーにすることもある。

本当はもっと凝った料理を作りたいし、新しいオリジナル料理の開発もしたいのだが。

「貴様、我と部活とやら、どちらが大切なのだ……」

小鳩は不満そうな顔で言った。

もちろん部活……と言いたいところだが特に大切でもないのが困ったところだ。

「部活だよ」

しかしとりあえずそう答えておく。

「むー」

小鳩は拗《す》ねた顔で可愛く頬《ほお》をふくらませた。

俺は苦笑し、

「だったらお前が作るか？　晩飯」

「……ククク……笑えぬ冗談だ……この我に下女《げじょ》のまねごとをしろと？」

「全国の主婦や主夫の皆さんに謝れ」

小鳩《こばと》との会話を切り上げ、使った食器を流し台で洗ったのち自分の部屋へ行く。

宿題を済ませたあと、風呂《ふろ》掃除をして湯を沸かす。

「小鳩、風呂入れてるから溜まったら入れよ」

リビングで空のワイングラスを片手にアニメのＤＶＤを見ていた小鳩に言う。

「ククク……いいだろう。ところで貯蔵庫の血がもうないようだが？」

「あー、そういやトマトジュース買ってくるの忘れてたな。小さいほうの冷蔵庫にコーラ入れてあるからそれ飲めば」

「え、ペプツ？」

素で尋ねてくる小鳩。

「いやコカ」

「……我はペプツ派なのだが」

「スーパーでコカの方が30円安かったんだよ」

「……ふん、まあよかろう……トマトジュースより好きじゃけん……」

ぶつぶつ呟《つぶや》く小鳩を尻目《しりめ》に、俺《おれ》は部屋に戻る。

あとは小鳩が出たあと風呂に入って洗濯して、今日やるべきことは全て終了。

いつもと変わらない日常だ。

大きくも小さくもないごく普通の一戸建てのこの家に、俺と小鳩は現在二人で暮らしている。

俺が生まれたのをきっかけに父さんが頑張って購入したマイホームなのだが、十年前に仕事の都合で引っ越して以来いろんな地方を転々としていて、その間俺と小鳩がこの家に帰ってきたことは一度もなかった（父さんだけは暇を見つけては掃除しに帰っていた）。

父さんがアメリカへ転勤することが決まったとき、俺と小鳩はともに外国行きを嫌がり、父さんも兄妹二人で日本に残ることを承諾してくれた。

それで持ち家のあるこの街へと戻ってきたというわけだ。

十年ぶりの帰郷になるわけだが、たびたび引っ越しを繰り返してきた俺はこの街に住んでいた頃《ころ》のことなんてほとんど覚えていなかったので、一ヶ月前に戻ってきたときもあまり懐かしいという感覚はなかった。

編入する学校は、父さんの昔からの親友（つまり星奈《せな》の父親だ）が理事長の座を継いだばかりの聖クロニカ学園の高等部と中等部にそれぞれ決まった。

以来一ヶ月、特に問題もなく二人暮らしできている。

もともと三人暮らしだった頃から家事は全て俺の役目だったから、特にこれまでと変わったことはない（むしろキッチンが広くなった上に食事が一人分減ったので楽になったとも言える）。

　強いて言えば、高校に入って初めて部活に入り帰りが遅くなりがちなのが問題か。

ちなみに母さんは小鳩《こばと》が生まれて間もなく事故で他界。

母さんも学園の理事長とは知り合いだったらしく、当時女子校だった聖クロニカに通うお嬢様だった母さんと父さんが知り合ったのは理事長のおかげだとか（クロニカの女子校生との合コンをセッティングしてくれたらしい）。

まあ、傍目から見れば「かわいそう」な境遇なのかもしれないが、十数年もこういう生活をしていれば俺《おれ》にとってはそれが自然となり、あまり自分で自分を「かわいそう」と思うことはない。

それなのに他人から「かわいそう」と言われるのはなんとなく腹が立つので、家庭のことは極力話さないようにしている。……そのせいで他人と距離を置いているように取られてしまうことがあるのがちょっとアレだけど。

そんなことをベッドに寝転がってボーッと考えていると、

「ふぇぇぇんっ、あんちゃぁぁぁんっ！」

全裸の小鳩が泣きながら部屋に飛び込んできた。

「こ、小鳩!? どうしたんだ!?」

小鳩《こばと》は涙目で、

「お、お風呂《ふろ》が、お風呂が水になっちょるばい！」

「え、マジで？」

慌てて全裸の小鳩とともに一階の風呂場《ふろば》へ。

浴槽に手を突っ込んでみると、たしかにお湯ではなく冷たい水だった。

試しにシャワーを出してみるが、こちらも水しか出ない。

次にキッチンに行ってコンロを回してみたところ、ちゃんと火がついた。

「ってことは、給湯器の故障かな。ガス会社に電話するか……」

「……この我を水に入れるとは、夜の血族の弱点を知る何者かの陰謀やもしれぬ……クク
ク……並の吸血鬼ならばともかく、真祖である我はこの程度では滅びぬわ……」

レイシス状態に戻った小鳩（まだ全裸）が含み笑いを浮かべて言った。

ちなみに吸血鬼は水に弱いらしい。

「水が駄目なのにお湯は大丈夫ってのも都合がいい設定だよな。つーか小鳩、さっさと身
体拭《ふ》いて服着ろ風邪ひくぞ」

「ククク……真祖である我が風邪など……へくちょんっ」

俺《おれ》はため息をつき、洗面所でバスタオルを取って小鳩に渡すのだった。

まったく世話の焼ける妹だ。

電話をすると、営業時間ギリギリだったにもかかわらずガス会社の人はすぐに来てくれて、俺の予想どおり給湯器の故障だったことが判明した。

☺

幸いすぐにお湯は出るようになったのだが、十七年ほど前のものなのでかなり老朽化しており急いで取り替えた方がいいとか。

……父さんに連絡してお金入れてもらわないと。

二人暮らしというのは思ったより大変かもしれない……。

汚れちまった悲しみに

放課後、いつものように俺《おれ》と夜空《よぞら》が部室に行くと、既に星奈《せな》が来ていた。

「おっす」

俺はとりあえず挨拶《あいさつ》してみたけど、返事はない。

テーブルにノートパソコンが置いてあり、星奈はマウス片手に画面に集中している。

ヘッドフォンをしていて、パソコンからの音は聞こえない。

「肉め。私を無視するとはいい度胸だ」

夜空が不機嫌そうに言った。

「……挨拶したのは俺なんだけど。あと無視したんじゃなくて多分聞こえてないだけ……」

とりあえず言ってみたものの、当然のように夜空はそれを無視してつかつかと星奈の方に歩み寄り、流れるような動きで嫌がらせを実行。

ぶちっ。

パソコンからヘッドフォンを引っこ抜く。

「な!?」

ようやく気づいた星奈が驚愕《きょうがく》の表情を浮かべると同時に、パソコンのスピーカーから大音量で流れ出す音声。

『ら、らめぇぇぇ！　そんな激しくしたら私のお●●●裂けちゃうぅぅ、あ、あ、あ、キモチイイのおお！　ルーカスのお●ん●んとってもキモチいいのおおおお！　私の子宮の奥まで届いて、しゅごいのぉ！　しゅごいのきちゃうう、きちゃいましゅう！　オカシクなっちゃうううう！　ひゃあっ、なんかくりゅう、あっ、やっ、あはぁんっ、イくうう、イくッ、イくッ、イッちゃうううううううう～～～～っ!!』

「あわわっ！」

慌てて星奈はパソコンのボリュームを落とす。

「なにすんのよバカ！」

顔を真っ赤にして涙目で抗議する星奈に、

「そ、それはこっちの台詞《せりふ》だ！」

珍しく顔を赤くして夜空が怒鳴り返す。

「し、神聖な部室で、な、なんという破廉恥なものを……！」

俺もノートパソコンの画面をのぞき込む。

……画面には、アニメみたいなタッチで描かれた…………全裸の美少女と全裸の男が、そ、その……け、結合している絵が表示されていた。

「星奈……お前……」

「ちょっ、見ないでよ！」

星奈《せな》は慌ててパソコンを閉じ、

「か、勘違いしないでよね⁉　これは『聖剣のブラックスター』っていうアニメ化も決定して美少女ゲーム業界で今一番話題になってるゲームで、鍛冶屋《かじや》のルーカスとその仲間たちが繰り広げる愛と感動の大冒険ファンタジーなの！　このシーンは数多くの苦難を乗り越えてついに破壊神ヴァルニバルを倒したルーカスがメインヒロインの女騎士セシリアと愛を確かめ合ってる感動のシーンで、決してあんたたちが思ってるようないかがわしいシーンじゃないんだから！」

……必死で言い訳をする星奈は、なんというか……とても痛々しかった。

「……それにしたって部室でエロゲーは……」

思わず言ってしまった俺《おれ》に星奈は真っ赤になり、

「し、知らなかったのよ！　……その……こういうシーンが含まれるゲームだなんて。『ときメモ』終わったあと五本くらい同じようなジャンルのゲーム買ったけどどれも『ときメモ』ほど面白くなかったからネットの『Yafoo!《ヤフォー》知恵袋』で『ときメモみたいに女の子と仲良くなるゲームのおすすめを教えてください』って尋ねたら、いろんな人が今一番アツいのはこれだって言ってたから……！」

「そういうのってパッケージに十八禁って書いてあるもんじゃないのか？」

「『アダルトゲーム』ってことは質問に答えてくれた人が書いてたわ。だからてっきり大人《アダルト》でも楽しめる質の高い物語なんだと思って……」

「なんて斬新《ざんしん》な解釈！　つーか、買うとき年齢確認とかされなかったのか？」

「そのへんにいた男子にもらったから。『聖剣のブラックスター』っていうゲームを持ってる人がいたらくれない？　って言ったらすぐにくれたの。もちろんタダでもらうわけにはいかなかったから、ご褒美に休み時間足置きにしてあげたけど。それで昨日から『ブラスタ』徹夜でやってて、続きが気になったから学校にも持ってきたわけ」

「そこへ俺たちが来たわけか。タイミング悪くアレなシーンのときに……」

「そういうことよ」

星奈は憮然《ぶぜん》として言った。

しかしそんな星奈の事情など一切考慮することなく、

「このド変態が」

夜空《よぞら》は目一杯の蔑《さげす》みを込めて言い放った。

「ぐっ！　あ、あんた今の話聞いてなかったの!?」

的確に心を抉《えぐ》る一言によって屈辱に顔を痙攣《けいれん》させる星奈に、夜空はさらに容赦なくたたみかける。

「黙れ痴女《ちじょ》。色情狂。露出狂。ビッチ。あばずれ。生まれながらの売春婦。歩く公衆便所。リアルダッチワイフ。動く猥褻物《わいせつぶつ》。淫乱《いんらん》カレイドスコープ。寄るな触るな子供ができる」

「なんでゲームやってただけでそこまでボロクソに言われなきゃいけないのよバカぁ！」

ついに星奈《せな》がキレた。

「た、たしかにこのゲームにはちょっとだけ過激な表現が含まれるわ！　でもそれはこのゲームの一部に過ぎないの！　これは重厚なテーマを持った、そこらの文学なんか目じゃないくらい奥深い物語なの！　いわば芸術作品なの！　この作品をろくにやりもせず印象だけで悪く言うのは例えばボッティチェリの『ヴィーナスの誕生』やゴヤの『裸のマハ』を見て低俗な絵だと馬鹿《ばか》にするのと同じくらい愚かしいことなのよ！」

夜空《よぞら》は「ふん」と鼻を鳴らし、

「だからどうした。たとえそのゲームが本当に芸術的なものであったとしても、卑猥《ひわい》なシーンを食い入るように見ていたお前がいくらそれを主張したところで説得力など皆無に等しい。私はそのゲームを侮辱《ぶじょく》しているのではなく、肉という名の一人の変態を罵倒《ばとう》しているのだ。部室でエロゲーをやる貴様の変態性を作品の持つ芸術性で正当化しようとするなどその作品や芸術そのものに対する冒涜《ぼうとく》だ」

「くうう……！」

星奈は涙目になった。

……相変わらず夜空のやつ、よくもまあつらつらと刃物みたいな言葉を並べ立てられるものだ。あと『肉という名の』て。

「ほら素直に言ってしまえ。自分は変態ですと。作品の重厚なテーマ性や奥深さなんて本当はどうでもよくて、ただエロいシーンを見て興奮していただけの痴女なのですと告白してしまえ」

とても楽しそうに星奈を責め立てる夜空。

「ち、違う……！　あたしはただセシリアと仲良くなりたかっただけ……！　あたしのセシリアへの気持ちはとてもピュアなものなの！　あんたが言うような下劣な感情が入る余地なんてないわ！　このシーンだって！」

ノートパソコンを再び開き、一部にモザイクのかかった肌色面積が多い画像を夜空に向けて突きつける。

「そ、そんなもの見せるな馬鹿！　変態！」

顔を赤くする夜空。

「あたしは変態じゃない！　いい？　このグラフィックだってもちろん全然まったくこれっぽっちもいかがわしくなんてないの！　芸術的な物語を彩る芸術的な絵を見ていかがわしいと思うなんて、あんたこそ変態じゃないの⁉　こんな素晴らしい絵をいやらしい目で

られないなんてかわいそう！　芸術を理解する感性がないやつはこれだから困る
あんたみたいなのが将来アゲネヌ・千ャソや里予田耳口王子《さとよだみみくちおうこ》みたいになって現代社で思想統制や焚書《ふんしょ》をやろうなんて気の狂ったことを言い出すのよ！」

……いや、エロゲーのエッチシーンのグラフィックをエロくないと主張するのはさすがに無茶ではなかろうか。

「だ、だったら肉、お前そのシーンを声に出して読んでみろ！」

画面から目を逸らして夜空《よぞら》が言った。

「え……!?」

絶句する星奈《せな》に夜空はにやりと笑う。

「いかがわしくない純粋に芸術的な物語なら、声に出して読んでも全然恥ずかしくなどないはずだ。だって芸術だから！　それともなにか？　やはりそのゲームは芸術などではなくて下劣で低俗で卑猥《ひわい》なだけの作品なのか？」

「そ、そんなことないわよ！」

無茶なことを言う夜空に星奈は反論する。

「ふん。だったら読んでみろ」

「ひ、卑猥じゃないけど恥ずかしいものは恥ずかしいのよ！　もちろんこの作品の内容が恥ずかしいわけじゃなくて、ただ人前で文章を朗読するのが恥ずかしいだけよ！」

「……そうか。だったら私も読んでやろう」

「は？」

　夜空がおかしな提案をして星奈は怪訝《けげん》な顔をする。

「私も朗読してやろうというのだ。だからお前も読んでみせろ。自分一人だけが読むわけではないのだから、恥ずかしさもなくなるだろう。国語の時間に教科書を順番に音読させられるのと何も変わらない」

「そ、それは……そうかもしれないけど」

……そうか？

「私がここまで譲歩してやっているのに、それでもなお逃げるというなら、やはりそのゲームは芸術でもなんでもなく、お前はただの淫乱《いんらん》な肉だ。きっとそのゲームのヒロインも定価一万円そこそこの安物ダッチワイフに過ぎないのだろうな」

「セ、セシリアのことを悪く言ったら許さないわよ！　セシリアはどれだけ辛くても自分の信念を貫き通す、このあたしから見ても尊敬に値《あたい》する女の子なんだから！　あたしもセシリアを見習って逃げないわ！　そこまで言うならやってやろうじゃない！　あんたこそやっぱりやめるなんて言うんじゃないわよ!?」

　あーあ、挑発に乗っちゃった。

「よし。では貴様はそのゲームのアレげなシーンを朗読するがいい。私はそうだな……国語の教科書に載っている中原中也《なかはらちゅうや》の詩でも読んでやるとしよう。ああ恥ずかしい恥ずかしい、人前で詩を朗読するなんて」

「はあ!? ちょ、ちょっと待ちなさいよ!」

慌てる星奈《せな》に夜空《よぞら》はしれっと、

「何か問題があるのか? 私は国語の教科書に載っている芸術的な文章を読む。肉はそのゲームの芸術的な文章を読む。条件はまったく同じだろう? 一緒に芸術的な文章を朗読しようではないか」

「……! 〜〜〜〜ッ!」

ハメられたことに気づいた星奈がわなわなと唇を震《ふる》わせ、涙目で夜空を睨《にら》む。

「わ……わかったわよ読んでやろうじゃない! 『ブラスタ』の芸術的な文章を! 感動して泣くんじゃないわよ!」

やけくそな感じで星奈はパソコンに向き直り、画面に表示されている文章をエロいシーンの最初まで戻した。

「よ、読むわよ……」

「……ああ」

夜空の方も少し緊張した様子で頷《うなず》いた。

「……ル……ルーカス……早く……わ、私の、ぬ……濡《ぬ》れそぼったいけないヴァルニバルを……」

「もっと大きな声で！」

「ぐっ……わ、私の濡れそぼったいけないヴァルニバルを！　あ、あなたの、お、大きくて太くて固くて黒光りしている聖剣で、つ、貫いて……ッ！」

震える声で星奈は画面に表示されたアレげなテキストを読み上げていく。

「ゆ、指だけでこんなにびちょびちょになるなんて、セシリアはいやらしい女だな。そんなにも俺《おれ》の聖剣が欲しいのか。本当に……い、淫乱《いんらん》な、め、雌豚《めすぶた》……だな」

これは主人公のルーカスの台詞《せりふ》だろう。

なんだこのセクハラ星人は。

「『い……意地悪なこと言わないでルーカス……』『ふん、物欲しそうな顔をしやがってこの……い、淫売《いんばい》め。ほうら雌豚。こいつが欲しければもっと丁寧におねだりしてみろ』

……ううう……」

……ちなみにもちろん「ううう」は文章には書いていない。

「『……お、お願い……します、ご、ご主人様……。あ、あなたの……聖剣を、いやらしい私のぐしょぐしょになった、こ、ココに、そ、挿入して……ください』『ふふふ、聖剣ではない。正式名称を言ってみろ。なにをどこに入れて欲しいんだ？　ん？』……うう……ひっく……！」

セシリア……じゃなくて、星奈《せな》はほとんど半泣きになっていた。

「ふふ……ほら早く言ってみろ。セシリアは何をどこに入れてほしいのだ?」

夜空《よぞら》が言った。

頬《ほお》を赤く染め、その眼には嗜虐的《しぎゃくてき》な妖《あや》しい光が浮かんでいる。

……多分ルーカスもこんな表情をしているような気がした。

「うう～……ル、ルーカスの……お、お、お、お……おち、おちん……を、わ、私のいやらしい……お、お……おま……言えるかバカあああああああ――っ!!」

ついに耐えきれなくなったセシリアじゃなくて星奈は乱暴に立ち上がり、部室の入り口へと脱兎《だっと》の如く駆け出した。

扉を開けて夜空の方に振り返り、

「夜空のバカアホカス死ね――――ッ!!」

泣きながらまるで小学生のような悪口を叫び、そのままどこかへ走っていってしまった。

俺《おれ》と夜空は無言で星奈の出て行った扉を見つめる。

「……なあ。さすがにやりすぎじゃないか?」

「……多少反省している」

俺が言うと、夜空も珍しく素直に頷《うなず》いた。

「……ところでさっきの肉の朗読をこっそり録音してあるのだが、せっかくだしニコニコ動画とかにアップするべきだろうか。タイトルは『現役女子高生がエロゲーを声に出して読みながらプレイしてみた』とかで」

「鬼かお前は⁉」

「冗談だ」

それから遠い目で、

「汚れちまった悲しみに　今日も小雪の降りかかる――

汚れちまった悲しみに　今日も風さえ吹きすぎる――……」

約束通り中原中也《なかはらちゅうや》の詩を暗唱してみせる夜空だった。

桃太郎伝説

俺《おれ》が部室に行くと、部屋の中にメイドさんがいた。

「うおっ⁉」

びっくりする俺に、そのメイドはぺこりと挨拶《あいさつ》してきた。

「おつとめごくろうさまです、あにき」

……こないだ入部したばかりの楠幸村《くすのきゆきむら》だった。

カチューシャにフリルのついたエプロン、やけに短いスカート。

スカートの下から覗《のぞ》く白い太ももが目に眩《まぶ》しいが落ち着け羽瀬川小鷹《はせがわこだか》、こいつは男だ、男なんだ……！

……いやでも、ほんとにめちゃくちゃ似合ってるよなあ……。

「うわキモッ、ガン見してるし……」

部室にいた星奈《せな》がジト目で言った。

星奈の向かいのソファには夜空《よぞら》が座《すわ》っている。

「……なんでメイド服なんて着てるんだよ幸村」

俺はようやくツッコんだ。

「真の男に近づくための特訓だ」

夜空《よぞら》が淡々と言った。

「メイド服を着ることがどんな特訓になるんだよ⁉」

すると幸村《ゆきむら》は言う。

「夜空のあねごはいわれました。しんのおとこたるもの、たとえどのようなかっこうをしていようとも、隠しとおせぬおとこらしさというものがにじみでるものだと。このように女中さんのかっこうをしていようとも魂からおとこらしさをはっきりできるようになったとき、そのときこそわたくしがしんのおとこになったあかしとなるそうです。つらいしれんですががんばります」

「またお前はテキトーなことを……！」

顔を引きつらせて夜空を見る俺《おれ》。

「てきとうなことなのですか？」

「適当ではないぞ」

夜空が否定する。

「真の男はたとえメイド服を着ていても男らしさが滲《にじ》み出《で》るもの……。想像してみるがいい幸村。小鷹《こだか》がメイド服を着ている姿を」

「そんなもん想像するんじゃねえええええ!!」

全力でツッコむ俺だったが、幸村は目を閉じおぞましい想像を始めてしまった。

「ぶはっ、キモ、キモ、キモすぎっ！」

同じく俺のメイド服姿を想像したらしい星奈《せな》が噴き出した。

「めいど服を着たあにきのすがた」

「…………。」

「…………。」

「ぽ」

……なぜそこで顔を赤らめるのだ幸村よ。

幸村が目を開ける。

「たしかにあにきは、めいど服を着ていたとしてもやんきーでしかありませんでした」

「メイド服を着たヤンキーがどこにいる⁉　つうか俺はヤンキーじゃねえ――って、あと何回俺はこのツッコミをすればいいんだ⁉」

俺の抗議を夜空はもちろん無視した。

「この修行の厳しさがわかったか幸村。お前もその領域を目指さなければならないのだ」

「はい。あにきのようになれるようがんばります」

「頑張らなくていい……」

疲れた声で俺は言って、適当なソファに腰を下ろした。

すると幸村《ゆきむら》がトレイにコーヒーを乗せて運んできてくれた。

俺《おれ》は不覚にも、えもいわれぬ幸福な気持ちになった。

「……メイドのいる部室というのもいいものだろう？」

俺の内心を読み取って夜空《よぞら》が小さく言った。

「だからってなにも幸村にやらせなくても……いや、なんでもない」

夜空、星奈《せな》、幸村の中で誰《だれ》が一番メイドが似合うかというと、どう考えても幸村であることに気づいてしまった。

「ていうか、メイド服なんて誰が持ってきたんだ？」

「私の私物だ」

「夜空の……？　もしかしてお前コスプレとかするのか？」

「違う。いざというときに備えてYafool オークションで落札しておいたのだ」

「どんな状況に備えてたんだよ……」

「まあメイド服の話はどうでもいい」

夜空が話題を変える。

「この前肉がエロゲーの台詞《せりふ》を朗読したときに思いついたのだが」

「ぶっ!?」

星奈が飲んでいたコーヒーを噴き出した。

「あ、あのときのことは忘れてよお願いだから！」

涙目で懇願する星奈を無視し、夜空は続ける。

「友達作りに必要なもの——それは演技力だ」

……わりと最悪な発言のような気がする。

「え、演技力？」

「そうだ。演技力さえあればたとえ嫌いな相手とでもヘラヘラ笑いながら上っ面だけの友好関係を築くことができるし、取り入りたい人間がいれば取り入ることが可能だ」

やっぱり最悪だった。

そんな夜空の発想に真っ先に反対したのは意外にも幸村だった。

「あねご。しんのおとこはつねにありのままの自分をつらぬくものです。えんぎで己をいつわるなど、しんのおとこのすることではありません」

「若いな幸村」

「どういうことでしょう」

「お前はこういう格言を知らないのか？　——『とりあえず形から入る』」

「……それ格言か？」

しかし幸村《ゆきむら》は何故《なぜ》か得心がいったような顔をする。

「なるほど。みじゅくなりにもしんのおとことしてふるまううちに、いつのまにか本当にしんのおとこに近づいているというわけですか。さすがはあねご。わたくしがあさはかでした」

あっさり説得されてしまった。

だったら星奈《せな》はどうかというと、

「……演技か……いいわね」

「なんで乗り気なんだよ？」

ありのままの自分が大好きな星奈が演技に関心があるのが意外だった。

「自分とは違う人物を演じることで自分の中に新しい可能性を発見し、より深みのある人間へと成長できる——って前に観月《みづき》が言ってたのよ」

「観月？」

「観月といえば『ときメモ7』の観月に決まってるじゃない。演劇部の部長の」

「ゲームキャラかよ」

俺《おれ》はジト目で言った。

「……でもまあ、たしかに演技力を鍛えて的確な表情とか声色を身につければ、人から誤解されないようになるかも……」

…………あれ。

どうやら全員の利害が一致してしまったようだった。

「決まりだな。今日の活動は演技の練習だ！」

夜空《よぞら》が高らかに宣言した。

「演技の練習ねえ……やっぱりお芝居でもやるのか？」

「当然だろう」

「脚本は？」

「用意してきた。最初はみんな知っている簡単なものがいいと思って、これにした」

夜空は鞄《かばん》から人数分の脚本を取り出して配った。

「ふん、夜空にしては気が利くじゃない」

星奈が少し感心した様子で言った。

脚本のタイトルを見てみると………『桃太郎』。

「……いやたしかにみんな知ってるけどさ」

「この年で桃太郎のお芝居をやるのって恥ずかしくない？」

不満を顕わにする俺と星奈に、夜空は憮然《ぶぜん》とした顔をした。

「条件に合うような話があまり思いつかなかったのだ。不満があるならあれにするぞ」

「あれ？」

「『聖剣のブラックスター』」

「あ、あたし桃太郎大好き！　意外と奥が深くて大人の鑑賞にも耐えられる良質な物語なのよね桃太郎って！」

引きつった笑顔で星奈《せな》が言った。

すると幸村《ゆきむら》がこくんと頷《うなず》いた。

「そのとおりです星奈のあねご。桃太郎の物語のもちーふとなったのは古代日本における大和朝廷《やまとちょうてい》と吉備国《きびのくに》の対立であるというのが有力な学説で桃太郎のもでるは吉備国との戦いで活躍した孝霊天皇《こうれいてんのう》の皇子彦五十狭芹彦命《おうじひこいさせりひこのみこと》であるとされています物語が成立したのは正確には不明ですが室町時代には」

「ストップ幸村、そういう蘊蓄《うんちく》はいい」

夜空《よぞら》が止めると、ちょっと引くくらい饒舌《じょうぜつ》に蘊蓄を語っていた幸村はほんの少しだけ残念そうな顔をした。

幸村は歴史マニアだったのか……。

ふと疑問が浮かぶ。

「なあ、桃太郎をやるには人数が足りなくないか？」

桃太郎の登場人物といえば、桃太郎、犬、猿、雉《きじ》、おじいさん、おばあさん、鬼、それから劇だからナレーションも必要だ。

明らかに四人では人数が足りていない。

「安心しろ。そのへんはちゃんと考えてアレンジしてある」

「へえ……。ていうか、この脚本もしかして夜空が書いたのか？」

「そうだ。なかなかのデキだと自負している」

「まあ、元ネタがあるからそんな変なことにはならないか……」

「よし、それではさっそく始めるぞ」

夜空が宣言して、俺《おれ》たちは脚本をめくった。

最初のページには役名が書かれており、

【登場人物】
・桃太郎
・おばあさん
・鬼
・木

「登場人物少なっ⁉」

「部員数に合わせて最適化した結果だ」

「じゃあ最後の『木』ってのはなんなんだ⁉」

「ちょっと削りすぎたので追加した」

「明らかにいらないだろ木！」

「それではまずは配役を決めるぞ」

俺《おれ》のツッコミを無視して夜空《よぞら》は進行する。

「ここは公平にくじ引きにしよう」

夜空はルーズリーフを一枚使って簡単なくじを作った。

とりあえず全員くじを引き、配役が決まる。


【登場人物】
・桃太郎――柏崎星奈《かしわざきせな》
・おばあさん――楠幸村《くすのきゆきむら》
・鬼――三日月夜空《みかづき》
・木――羽瀬川小鷹《はせがわこだか》

「……なんかこうなるかなーって予感はあったけどやっぱり俺が木かよ……」

「ふふ、あたしが主役ね。まあ当然かしら。夜空が鬼っていうのもお似合いのキャスティングだと思うわ。サクっと退治してあげる」

満足そうに星奈は笑った。

「ふん、いい気になるなよ肉」

不機嫌そうに夜空は言って、

「ではさっそく始めるぞ。おおまかなあらすじは全員知っているだろうから最初から通《とお》し稽古《けいこ》でも問題ないだろう」

ソファや机を部屋の隅に移動させ、部屋を舞台に見立てて芝居を始める。

「小鷹。お前は木だから最初からこの位置だ」

夜空の指示で壁際に一人で立たされる俺。

「…………」

釈然としないながら、とりあえず最初のシーンが書かれたページを見た。

一行目から桃太郎の台詞《せりふ》で始まっていた。

「……なんか最初からあたしの台詞なんだけど」

怪訝《けげん》な顔で星奈が言って、とりあえず脚本に書かれたとおり舞台の真ん中に出てきて台詞を読み始めた。

「ええと……むかしむかしあるところに一人暮らしのおばあさんが住んでいて、そのおばあさんがある日川で洗濯をしているとどんぶらこっこどんぶらこと大きな桃が流れてきたので持ち帰って切ったところ桃から出てきたのがこの俺《おれ》である」

「桃太郎の一人称だった！」

「ナレーションを一人称の小説のごとく全て主人公のモノローグにすることで、配役を一人減らしたのだ。いいアイデアだろう」

少し得意げに夜空《よぞら》は言った。

「いやちょっと待て、ナレーターをカットするくらいなら木なんて役を作らずそいつに……つまり俺がナレーションをやればいいだけの話じゃねえか！」

俺がツッコむと、夜空は「……っ」と少し目を見開いた。

「……え、もしかして今気づいたのか？」

すると夜空は不機嫌な顔になり、

「……木が喋《しゃべ》るな世界観が壊れるだろう。はい次」

聞かなかったことにしやがった。

「桃から生まれたので桃太郎と安易に名付けられた俺はおばあさんのもとですくすく成長した。そんなある日のこと」

「桃太郎。おにがしまのおにがわるさをしているようです。こわいですね」

おばあさん役の幸村《ゆきむら》が舞台に出てきて、まったく演技をする気のないすごい棒読みで台詞《せりふ》を言った。

メイド服を着たおばあさんってすげえな……。

「ふっ、夜空なんてこのあたしがブチ殺してあげるわ！」

モノローグではない桃太郎の初台詞を、星奈《せな》は情感はこもっているものの脚本に忠実に演技をする気などまったくないいつもの調子で言った。

「そうですか。がんばってください」

……おばあさんの出番はそれで終わりだった。きびだんごすら渡してない……。

幸村はとてとてと俺の方に寄ってきて、

「どうでしたかあにき。わたくしのはくしんのえんぎは」

「…………」

なんて言えばいいのかわからなかったので俺が黙っていると、

「さすがあにき。木になりきっているのですね。わたくしはまだまだみじゅくです」

キラキラした尊敬の眼差《まなざ》しで俺を見つめ、幸村は舞台から退場した。

星奈が舞台を行ったり来たりしながらモノローグの文章を読み上げる。

「おばあさんに送り出されて俺は家を出て鬼ヶ島に向かった。その途中で犬と猿と雉《きじ》が死んでいるのを見つけた。まあそれはさておき俺は先を急いだ」

「なんてことしやがる!?」

「桃太郎といえば犬猿雉だからな。登場させないわけにもいかないだろう。原作へのリスペクトというやつだ」

夜空《よぞら》は平然と言った。

……死体で登場させることのどこにリスペクトが？

「そんなこんなで俺《おれ》は鬼ヶ島にたどり着いた。鬼ヶ島には鬼がたくさんいて襲いかかってきたが俺はそいつらをばったばったと次々に斬《き》り殺して鬼の親玉がいる城の奥へと向かっていった」

……展開速いなあ……。

「そしてついに俺は鬼の親玉のところにたどり着いた」

そこで夜空が舞台に上がる。

「やっと出てきたわね夜空！　覚悟しなさいよね！　あんたをブチ殺せばこの島の金銀財宝は全てあたしのものになるのよ！」

まるっきり悪役の桃太郎に、夜空は切なそうな眼差《まなざ》しを向ける。

それから情感たっぷりの迫真の演技で、

「何故《なぜ》だ？　何故《なにゆえ》このような非道を平然とおこなうことが出来るのだ？　我らは大和朝廷《やまとちょうてい》に追われし異民族の末裔《まつえい》。貴様らは我らをこのような不毛の地へと追いやっただけでは飽きたらず、命までも奪おうというのか……！　血も涙もないこの所行、鬼とは貴様たちのことではないか！」

鬼のボスの台詞《せりふ》かっけえ！

「え……なにこの展開……」

星奈《せな》が戸惑いつつ台詞を読む。

「え、ええい黙れ！　貴様らは罪なき民を殺したではないか！」

「何を言う！　この島に追いやられた我らの祖先が血の滲《にじ》むような努力によってようやく掘り当てた金山を狙《ねら》い兵を差し向けてきたのは貴様らの方ではないか！　我らはただ平穏に暮らしていたかっただけだというのに！」

「そうなの？　ええい黙れ鬼め！　貴様らの存在そのものが罪なのだ！　この桃太郎が正義の剣で邪悪なる鬼を成敗してくれよう！　どこが正義よ!?」

「そのような無法がまかり通るとは……果たして正義とはなんだ。この世に正義がないのなら、よかろう、我は本物の悪鬼羅刹《あっきらせつ》となり、神も仏もおらぬこの世界を破壊し尽くしてくれん！　ゆくぞ朝廷の犬め、我が名は黒天之命《こくてんのみこと》、吉備国《きびのくに》最後の王にして、この世に破滅をもたらす存在なり！」

「ちょっと夜空！　どう考えても鬼の方がオイシイ役じゃないの！　ていうか鬼のボスの名前なんて脚本に書いてないわよ!?」

ついに不満を爆発させる星奈に、夜空は笑う。

「書いているうちにやっぱり勧善懲悪《かんぜんちょうあく》の物語など面白くないと思ってアレンジしてみたの

だ。名前は今考えた」

「ずるいわよそっちだけかっこいい名前で！　こっちは桃太郎よ!?」

「ずるくない。……この世に絶対の善悪などない。歴史は常に勝者によって書き換えられる。すなわちこの戦いに勝った者が正義を名乗ることが許されるのだ！」

そう叫んで夜空《よぞら》は、いつの間にか手に持っていた地図帳を丸めて星奈《せな》の頭を叩《たた》いた。

脚本を確認してみると、最後のページにはト書きで『ここで桃太郎と鬼のガチバトル。どっちかが泣くまでやって勝った方が正義』と書かれているだけだった。

演技の練習はどこにいった。

「いたっ！　ちょっと、ずるいわよそっちだけ武器使うなんて！」

涙目で抗議する星奈を夜空はさらに叩く。

「問答無用！　虐殺された同胞の仇《かたき》、討たせてもらうぞ！」

ぽかぽかぽかぽかぽかぽか！

「ああもう！」

星奈も手にした脚本を丸めて対抗するが、ペラペラの脚本は固い地図帳ブレードによってすぐ折られてしまった。

「ちょっと、痛い、痛いってば！　ううっ！　あんっ！　ううう……バカ――――ッ!!」

星奈はついに逃げ出して舞台から退場した。

夜空は舞台の中央に悠然と立ち、酷薄な笑みを浮かべた。

「……待っていろ人間ども……桃太郎を血祭りに上げた我が、貴様らの世に終焉《しゅうえん》をもたらしてくれる……ファファファファファ……ファファファファファファファファファファ………！

………終わり」

素に戻って夜空は言った。

「なんだこのぐだぐだな劇は……」

俺《おれ》が言うと、

「べつにいいだろう。どこかで発表するわけでもないし」

夜空は平然と言った。

「しかしなかなか面白いな演劇。隣人部《りんじんぶ》の活動として定期的にやっていくとしよう」

一人だけ満足げな顔で汗を拭《ぬぐ》う夜空に、俺と星奈は心底嫌そうな顔をした。

ヤンキー侍母校に帰る

「私はこれから芝居の脚本を書くから貴様ら静かにしていろ」

部室にて、夜空《よぞら》が鞄《かばん》から原稿用紙を取り出してそんなことを言った。

部屋には俺《おれ》と夜空と星奈《せな》と幸村《ゆきむら》が揃《そろ》っている。

……昨日、お芝居を隣人部《りんじんぶ》の活動として定期的にやっていこうとか言ってたのは本気だったのか……。

「昨日の桃太郎には多少問題があったことを、己の過ちを認める度量の広さを持つこの私は認めよう」

「ほう……」

「あんたにしては常識的なことを言うじゃない」

俺と星奈が感心する。

「うむ。やはり既存の物語ではつまらん。今度は完全オリジナル脚本でいこう」

「そういう反省かよ！」

ツッコむ俺。

「……完全オリジナルの話なんてあんたに作れるの？」

星奈が疑わしげに言う。

「ふん、心配しなくても完璧な娯楽超大作を書いてやろう」

昨日の桃太郎を見る限りとても不安だ。

「具体的にはどういうのをイメージしてるの？」

「ふん、完成してからのお楽しみと言いたいところだが、特別に少しだけ教えてやろう」

言葉とは裏腹にちょっと言いたそうだった。

「まず主人公は女子高生だ。金髪でチャラチャラした感じの金持ちのお嬢で、いつも男に囲まれてちやほやされている」

「…………」

星奈はなにか言いたげだったが、黙って続きを聞く。

「そんな主人公にあるとき女友達ができるのだ。二人は次第に友情を深めていく」

「ほうほう」

少し嬉《うれ》しそうな星奈。

「しかし実はその女は主人公に彼氏を寝取られたことを恨みに思っていた。仲よくするフリをして主人公を油断させ、あるとき主人公を夜の公園に呼び出す。まんまと罠《わな》にかかった愚かな主人公は公園で待ちかまえていた女の仲間の十人くらいの男たちに代わる代わるレイプされ、しかもそれによって妊娠までしてしまう！」

「ちょっと待ったあああああ――――ッ！」

星奈《せな》が叫んだ。

「なにその最悪なストーリー！　どこが娯楽超大作なのよ!?」

「いけすかない女が酷い目に遭えば観客はスカッとするだろう。実際に上演しようものならスタンディングオベーション間違いなしだ」

「どんだけ性根が腐った観客ばっかなのよ！」

「まあ、たしかに少し物足りないかもしれないが、これはまだ序盤だ。これから主人公に新しい恋人ができるのだがその恋人は事故で死ぬし、偽りではなく仲良くしてくれる女友達も出てくるのだがそいつも病気で死ぬし、最初の悪女には繰り返し酷い目に遭わされるし、最後は主人公も犯罪に巻き込まれて銃で撃たれ無様に地面をのたうちまわって自分の人生を後悔しながら死ぬのだハハハざまあみろ」

「ますます最悪じゃないの！」

不満全開の星奈に夜空《よぞら》は少し困惑した顔で、

「……むう、だったらこういうのはどうだ？　死ぬときに主人公はこう思う。『あたしの人生は本当にハエの幼虫並だったな。今度生まれ変われるなら、下品な金髪巨乳女なんかじゃなくて黒髪でスレンダーな女の子に生まれたい……』……そして主人公は安らかな眠りにつく……」

「なんであたしが自分の人生を後悔しながら生まれ変わったら夜空みたいになりたいなんて思わなきゃいけないのよ！」

「……ふむ、主人公のモデルは特になかったのだが、言われてみればこの主人公の役には肉がぴったりだな。よかったな肉、お前が主役だ」

「いいわけあるかっ！」

涙目で星奈は叫んだ。

「……なあ。その場合俺《おれ》の役っていうのは……」

「悪女の仲間で主人公をレイプするチンピラ」

「やっぱりかよ！」

即答する夜空に俺は叫んだ。

「出番は多いぞ。ことあるごとに肉……主人公はレイプされるから、小鷹《こだか》には一人五十役くらいやってもらうことになるだろう」

「すごいですあにき。そのような大役、きのう木の役を見事にえんじきったあにきにしかできません」

幸村《ゆきむら》が変なところで俺を賞賛した。

「こんなお芝居は却下よ却下！」

星奈《せな》が言って俺《おれ》もこくこく頷《うなず》いた。

夜空《よぞら》は不機嫌そうな顔をする。

「こういうのが最近の女子高生の間で大人気だというのに……時代に取り残された者とは哀れだな……」

「そんなのが本当に流行ってるのかはともかく、どうせ人前で上演するわけじゃないんだから、流行とか考える必要ないだろ」

「……ふむ、それは一理あるな。私も正直なところ馬鹿《ばか》な金髪女が主役の話など書きたくなかったのだ」

「うぐぐ……」

星奈は憎々しげに夜空を睨《にら》む。

「ていうか、やっぱりあんた一人に脚本なんて任せられないわ！　あたしたちの意見もちゃんと入れること！　いいわね！」

「ふう……わがままな役者に振り回されて、監督とは辛いものだな……」

ため息をつく夜空。

さてはこいつ、自分の立場に酔ってやがるな。あといつ監督になったんだ。

「まあ参考までに話くらいは聞いてやろう。お前たちはどんな話がやりたいのだ」

すると星奈は即答する。

「あたしがたくさんの女の子と友情を深める話」

「どうして肉が主役前提なのだ身の程知らずの馬鹿め。だが友情モノという案はまあ悪くないと言ってやろう。……小鷹《こだか》と幸村《ゆきむら》は？」

「わたくしは侍の話がいいです」

「侍……か」

夜空が難しい顔をした。

「……俺はそうだな……怪物と戦う話とか……？」

「つまり桃太郎か」

「いやまあ桃太郎もたしかにそうかもしれないがもっと現代っぽいやつが個人的には。戦闘は超能力とかで。ライトノベルみたいな」

「小鷹ってヤンキーの分際で小説読むの？」

星奈が少し意外そうな顔で言った。

「一冊で漫画より長い時間楽しめるし、ライトノベルはすらすら読めるのが多いから一人で時間潰《つぶ》すのにちょうどいいんだよ」

「寂しいやつの生活必需品というわけね」

「嫌な言い方すんなよ作者とか他《ほか》の読者に失礼だろ！」

俺は抗議したが当然スルーされた。あ、ヤンキーにツッコむの忘れた。

「あねご。わたくしは侍のほかには、やんきーの話がいいです」

幸村《ゆきむら》が再び要望を出す。

「あにきのようなかっこいいやんきーが主人公だといいと思います」

「いいと思いますと言われても！」

「ふむ……侍で超能力で……ヤンキーか」

夜空《よぞら》は真面目《まじめ》な顔をして、原稿用紙にメモを書く。


【主人公】

いつも侍のように日本刀を持っているヤンキー。髪型はリーゼント。超能力が使える。


「どういう主人公だよ!?」

「お前たちの要望を合わせたらこうなった」

淡々と夜空が言った。

「あたしの要望は通ってないわよ!?」

「ああ、そういえばそうか」

夜空は原稿用紙にさらさらと書き加える。

【主人公】

いつも侍のように日本刀を持っているヤンキー。髪型はリーゼント。超能力が使える。名前は肉ざえもん。


「誰《だれ》よ肉ざえもんって!?」

「肉の名前を侍風にしてやったのだ」

「あたしの名前は肉じゃなくて星奈《せな》よ！」

「主人公が決まったところで次は話の内容だな」

星奈の抗議を当然のように夜空は無視する。

「ちょっと調べたところでは、物語の基本は起承転結、あるいは序破急だという。その骨格がしっかりしていることが大切らしい。なんの起伏もなく登場人物たちがただ喋《しゃべ》っているだけの物語など絶対に駄目だと書いてあった」

「まあ作者の力量次第では起伏のない話でも十分面白くなると思うけど、客を楽しませるのが難しいのはたしかだろうな。素人は基本に忠実にいくのが一番か」

「そういうことだ。というわけでまずは起承転結の起——導入部分をどうするか」

夜空が言って、俺《おれ》たちは考える。

「……ベタだけど主人公が女の子を助けるってのは？」

とりあえず言ってみる。

「小鷹《こだか》あんた怪物と戦う超能力バトルがいいんじゃないの？」と星奈《せな》。

「べつにどうしてもそれがいいってわけじゃ……」

「怪物に襲われている女を助ければいいではないか。よし、導入はこれでいこう」

夜空《よぞら》が言って原稿用紙にあらすじを書いていく。


【あらすじ（起）】

主人公の肉ざえもんが学校で怪物にレイプされている女を助ける。


「なんで女の子が怪物にレイプされてんのよ!?」

「ヒロインがレイプされるなど娯楽の基本ではないか」

「どういう狭いジャンルの基本!?　ていうかその子がヒロインなの!?」

「ヒロインを助けることで物語に巻き込まれる。王道だろう」

星奈は釈然としない顔をする。

「まあそこだけ見ればそうかもしれないけど……ヒロインが非処女だとあとで色々うるさいこと言われるかもしれないわよ？」

「そんな狭い世界のことなど知らん」

……よくわからない話をする星奈と夜空だった。

「ヒロインの設定はどうするんだ？」

「あたしはやっぱり黒髪ロングの正統派ヒロインがいいわ」

俺《おれ》が言うと星奈が即答した。

「黒髪ロング……つまり私のようなタイプか」

心なしか満足げに言う夜空に星奈はジト目で、

「髪の毛だけはね。性格は優しくて責任感が強くて面倒見がよくて芯《しん》は強くてちょっとドジで眼鏡《めがね》をかけてて猫耳が生えてて実は天使の血を引いてるのがいいわ」

「そんな人類などいない」

「いいじゃない架空のヒロインなんだから！」

「……ふん。まあ細かい設定考えるのもめんどくさいからいいか……」

夜空が渋々ヒロインの設定を書き込もうとしたとき、

「わたくしはひろいんもやんきーがいいです。あにきにふさわしい、すけばんのような人がいいです」

幸村《ゆきむら》が謎《なぞ》の提案をした。

「ふむ。じゃあそれも加えよう」

【ヒロイン】

髪型は黒髪ロングで眼鏡《めがね》をかけており猫耳が生えている。実は天使の血を引いてる。スケ番であり責任感があり舎弟の面倒見がいいので慕《した》われている。


「なんでスケ番設定と混ぜちゃうのよ！」

「？　特に齟齬《そご》は出ていないと思うが。ちゃんと慕われているぞ」

「スケ番じゃなくてクラスの世話焼き委員長タイプのつもりだったのに……！」

ともあれヒロインの設定も決まった。

「次は起承転結の承だが……これはまあ、ヒロインの秘密を知るとか仲良くなるとかで転での急展開に至るまでの布石ということでいいな」

「まあそうね」

星奈《せな》が頷《うなず》いて夜空《よぞら》はあらすじを書き加える。


【あらすじ（承）】

肉ざえもんはとりあえずヒロインをレイプして親しくなってヒロインの秘密を知る。


「なんで主人公がヒロインをレイプしてるのよ⁉」

全力でツッコむ星奈に夜空は微かに顔を赤くして、

「……よく考えると他人と仲を深めていく方法など知らないからな。それに私が参考にした創作サイトだと、『困ったときはとりあえずレイプさせておけばなんとかなる』と書いてあった」

「どこの世界にレイプされて好感度が上がるヒロインが……ああ……いるか……」

該当する作品（多分エロゲーだろう）を思いついてしまったらしく、星奈は黙った。

「よし次は起承転結の転だ。ここで物語は意外な展開を迎える」

「意外な展開か……難しいな」

考えてみるがあまりいいアイデアが思いつかない。

「思いつかないなら実はヒロインは主人公に恋人を寝取られたことを恨みに思っていた悪女で——という設定を流用するが」

「それだけはやめて」

真顔の夜空に星奈はジト目で言った。

「……ヒロインは主人公を夜の公園に呼び出し、大勢の男たちが現れて代わる代わる主人公をレイプ」

「主人公までレイプされるの!?　あんたどんだけレイプ好きなのよ！」

星奈が驚愕《きょうがく》して叫ぶ。

「……でもヒロインが裏切るってのはたしかに意外な展開かもな。ずっと騙《だま》してたってのはアレだから、実は黒幕に脅されてるとか」

「……小鷹《こだか》にしてはいいアイデアじゃない」

星奈《せな》はちょっと悔しそうに言った。

「さすがあにきです。学校をかげでぎゅうじる悪代官がいるのですね」

「……いや悪代官はいねえだろ」

「じゃあ転はこれで決まりだな」


【あらすじ（転）】

仲良くなったヒロインが主人公を裏切ったので主人公はヒロインをレイプ。黒幕の存在が明らかになる。


「だからあんたはどうして絶対レイプに持っていくのよ！」

「しかし娯楽にサービスシーンはつきものだぞ」

「レイプはサービスに入らない！　秘密を打ち明けて本当に心が通い合ったヒロインと主人公が普通に結《むす》ばれるだけで十分でしょうが！」

「……むう。そういう考え方もあるか……」

憮然《ぶぜん》としながらも夜空《よぞら》はあらすじを書き換えた。


【あらすじ（転）】

仲良くなったヒロインが主人公を裏切ったので問いつめたら黒幕の存在が明らかに。


「……さて、いよいよラストだが、展開としては黒幕をやっつけてハッピーエンドしかないだろう」

「まああたしかに」と俺《おれ》も星奈も頷《うなず》く。

「問題は黒幕のキャラ造形だ。倒したときにカタルシスが得られるような心の底から腹立たしいキャラにしたい」

言いながら夜空はすらすらと黒幕の設定を書いていく。


【黒幕】

金髪でチャラチャラした感じの金持ちのお嬢で、いつも男に囲まれてちやほやされている。口癖は「金ならあるわ」


「あたしじゃないの！　いや『金ならあるわ』なんて言ったことないけど！　あたしだっ

たら黒幕はこうするわね。『長い黒髪の目つきが悪くて性格も悪いクソ女』」

「黒髪ロングという特徴がヒロインと被っているので却下だ」

「あ……しまった……！」

……どうやらラスボスの造形は決まってしまったようだった。

「よし、おおまかなあらすじとキャラ設定も終わったし、あとはこれをもとに脚本の形式に直すだけだな。楽しみにしているがいい」

夜空《よぞら》は満足げに言った。


……ちなみに。

結局このあらすじとキャラ設定は「家に帰って冷静に読み返したらこれはないなと思った」という意外にまともな理由によって夜空がボツにし、実際に脚本が書かれることはなかった。

おかしな芝居をやらされなくてよかったと俺《おれ》は思う。

プール

放課後。

俺が部室へ行くと、既に星奈《せな》が来ていて部室のテレビでプレステのギャルゲーをやっていた。

テレビ画面の中で水着姿の女の子が満面の笑顔で**「今日はいっぱい遊ぼうねっ！」**と言っている。背景は多分海水浴場だろう。

星奈は画面を見ながらニヤニヤしている。

「おす」

とりあえず俺が声をかけると、星奈はびくっと肩を震わせてこちらを向いた。

それから露骨にホッとした顔で、

「……なんだ小鷹《こだか》だけか。あの性悪雌狐《しょうわるめぎつね》は？」

「夜空なら今日は欲しい本の発売日だとかで帰ったぞ」

「ふうん。だったら今日は落ち着いてゲームができるわね」

少し嬉《うれ》しそうに星奈は言って、ゲームに戻った。

なんとなく俺もテレビ画面を見る。

主人公と女の子が海水浴場で遊ぶシーン。

水をかけあったり、ビーチボールで遊んだり、泳ぎの競争をしたり。

競争で勝利した主人公を、女の子が褒《ほ》め称《たた》える。

「星奈《せな》くんって泳ぐの早いんだね～！　わたしけっこう自信あったんだけどな～」

そこでふと、メッセージを読み進める星奈の手が止まった。

「……？」

怪訝《けげん》に思う俺《おれ》に、星奈は画面を見たまま声をかけてきた。

「……ねえ。小鷹《こだか》ってさあ……」

「おう」

「………その……お、泳げる？」

心なしか小声で星奈が言った。

「……？　まあ、そこそこは。遠泳の授業がある学校に通ってたこともあるしな」

「ほんとに？　だったらさあ」

「！」

星奈がいきなり振り返って、顔をぐいっと近づけてきた。

やたら端正な顔が間近にきて、俺は少し動揺する。

星奈は少し顔を赤らめて、

「…………あたしに、泳ぎ方教えてくんない？」

恥ずかしそうに小声で言った。

「……お前泳げないのか？」

たしかスポーツ万能と聞いていたので、少し意外だった。

星奈は憮然《ぶぜん》として、

「う、うるさいわね。小学校からずっと水泳の授業なんてなかったのよ」

「あー、なるほど」

そういえばこの学校もプールがなかった気がする。

「まあ、教えるのはかまわないけど。なんで急に？」

「そんなこともわかんないの？　夏美《なつみ》と友達になって一緒にプールとか海に行くことになったときに、泳げなかったら困るじゃないの。そもそも夏美は自分と同じくらい水泳が得意な人にしか振り向いてくれないのよ？」

星奈は当然のような顔でおかしなことを言った。

ちなみに夏美とは今ゲーム画面に登場している水着姿の美少女キャラのことである。

どう考えても夏美と友達になることは物理的に不可能だったが、まあ泳げるようになるに越したことはないので俺は何も言わなかった。

「それじゃ今週の日曜日に竜宮ランドね」

「わかった」

竜宮ランドというのは市営のスポーツセンターで、屋内プールの他《ほか》にも様々な施設があるらしい。

俺《おれ》がこの街から引っ越したあとに完成したので一度も行ったことはなく、機会があれば行ってみたいと思っていた。

「あと小鷹《こだか》」

「ん？」

「……夜空《よぞら》の馬鹿《ばか》には、あたしが泳げないってこと絶対に秘密ね」

「わかってる」

本当に夜空のこと苦手なんだなあと思いつつ、俺は頷《うなず》いた。

☺

というわけで三日後の日曜日、午前十時半。

俺と星奈《せな》は二人で竜宮ランドにやってきた。

正直普通の市民プールがちょっと立派になったようなものを想像していたのだが、ドーム状のかなり大きくて立派な建物だった。

中にはプールの他にスポーツジムやスパも入っているという。

学割を使うと入場料はかなり手頃《てごろ》な値段になった。

市内なのに最寄り駅からバスで四十分以上かかってしまう立地条件の悪さだけがネックだ。

「それじゃシャワーの前で待ち合わせね」

「おう」

館内に入り、俺と星奈はそれぞれ水着に着替えるため別れた。

だだっ広い男子更衣室には二十人ほどの客が着替え中だったが、ロッカーには十分な空きがあった。

さっさと水着に着替え、シャワーのところへ移動する。

プールの方を見ると、やたら広かった。

混雑している印象はまったくなくて、客たちは広々としたプールの中をそれぞれ思い思いに遊んだり泳ぎ回ったりしている。

近くに見取図があったので見てみると、プールは主に波のプール、流れるプール、普通の25メートルプール、50メートルプールの四つで、他にはウォータースライダーや飛び込み台などもある。

泳ぎの練習をするとしたら25メートルプールだろう。

……そういえば泳ぎを教えるといっても具体的になにをすればいいのか全然考えてこなかったのだが、大丈夫だろうか……。

そんなことを考えながらぼーっとプールの方を眺めていると、

「小鷹《こだか》」

横から声を掛けられて振り向くと、着替えを終えた星奈《せな》が出てきたところだった。

花柄の派手なビキニで、なんというか、めちゃくちゃ似合っていた。

制服の上からでもわかるスタイルのよさが、露出度の高い水着姿になってさらに顕わになっている。

ついついすらりとした白い脚や豊満な胸の谷間に目がいってしまうのは仕方のないことだと思う。

星奈は場内を一瞥《いちべつ》し、

「ふーん、けっこうよさげなところじゃない」

「ああ。すいてるからのびのび泳げそうだな」

「そうね。潰《つぶ》れる前に来れてよかったわ」

さらりと星奈が言った。

「潰れる？」

「経営状態ガタガタだもん。この施設」

さらりと星奈。

「そうなのか？」

「当たり前じゃない。この規模の施設で黒字出そうと思ったら市民だけじゃなくて少なくとも隣の県くらいからも常に人が集まるようにしないと駄目なんだけど、場所が悪すぎるからね」

「そういや、なんでこんな場所に建てたんだ？」

竜宮ランドは市街地から離れた、街はずれの山近くにぽつりと存在しているのだ。

「もともとこの施設単体で建造される予定じゃなくて、このあたり一帯を開発するための大きな計画の一部だったのよ。でもいろんな事情が重なって、開通するはずだったトンネルとか整備されるはずだった道路とか周囲に建てられるはずだった集合住宅とかショッピングモールが軒並み途中で駄目になって、完成にこぎつけたのは竜宮ランドだけだったのよ。料金安いから市内からは一応客が集まってるけど、見ての通りとても施設の立派さに見合った集客数じゃないわ。かといって市民の利用者だけで採算がとれるくらいに料金高くしたら誰《だれ》も来なくなるし。だからあと数年のうちには確実に潰れるだろうってわけ」

「世知辛い話だな。竜宮なんつうドリームな名前なのに。つーか星奈、なんでそんな詳しいんだ？」

「前に市長がパパに会いに来たとき話してたのよ」

「パパ……学園の理事長か」

「そう」

「そういやまだ理事長と一度も会ったことないけど、やっぱり挨拶《あいさつ》しに行った方がいいのかな……」

「はあ？」

星奈《せな》が頓狂《とんきょう》な声を上げた。

「な、なんであんたがうちのパパに挨拶するのよ⁉ まさかあんた、あ、あたしとつ、つつ、付き合ってるつもりとかじゃないわよね⁉ 今日のこれがまさかデ……デート、とかいうものだとでも思ってるわけ⁉」

顔を真っ赤にして言う星奈に、俺《おれ》も慌てて、

「いやいやいや、そっちこそなに変な勘違いしてんだ！ 俺の父親がお前の親父さんと昔からの友達で、俺が学園に編入するときにいろいろ便宜をはかってもらったらしいから、だから挨拶に行くだけだ！」

するると星奈はきょとんとした顔をした。

それから顔を再び赤くして、

「そ、それならそうと先に言いなさいよバカ！」

「いや、お前が勝手に暴走したんだろうが」

逆ギレする星奈にジト目でツッコむ俺。

「むー……小鷹《こだか》ごときがこのあたしに逆らうなんて生意気」

「なにが生意気なんだよ……」

「……ていうか、あんたのパパがうちのパパと昔からの友達だって本当？」

「本人が言ってたから本当なんだろ」

「ふーん……うちのパパ、娘のあたしが言うのもアレだけどかなり気難しいタイプでプライベートで付き合う友達とかほとんどいないっぽいんだけど……あんたのパパがねえ……どんな人なの？」

星奈は半眼で俺をじっと見た。

「うちの父親はなんつーか……陽気なおっさん、かなあ。たとえ言葉が通じない外国人だろうとノリだけで押し切って仲良くなるから、あちこちに友達がいる」

「小鷹とは真逆ね」

「うるせえよ。そういう星奈の人格は父親似みたいだな」

「甘いわね。あたしのママも高慢すぎて友達ぜんぜんいないわ。あたしはママ似ね。見た目も性格も」

「……自分が高慢って自覚はあったのか……」

「完璧な人間が偉そうに振る舞ってなにが悪いの？　だって実際に偉いのよ。なぜなら完壁だから。パーフェクトだから」

「へいへい……」

げんなりして適当な相づちをうつ俺《おれ》だった。

「さて、それじゃ早くこの完璧なあたしに泳ぎを教えなさい」

「へいへい……」

☺

とりあえず軽く準備運動をしてから温水シャワーを浴びて、俺と星奈《せな》は25メートルプールに行った。

「で、なにをすればいいの？」

プールに入った星奈が尋ねてきた。

俺は体育教師でもインストラクターでもないからどう教えればいいのかよくわからないので、とりあえず昔の水泳の授業を思い出してみることにした。

「じゃあまずは……顔を水につけることから……」

「……バカにしてんの？」

「いや、小学校のとき泳げないやつがたしかそういう練習させられてたから……」

「水に潜るくらい誰《だれ》だってできるじゃないの」

そう言いつつ、星奈はあっさりとその場で水中に潜ってみせた。

俺も星奈に続いて潜る。

水中で星奈と目が合った——あ、ちゃんと目を開けてる。

水から頭を出し、

「うーん……それじゃ次はバタ足の練習でもしてみるか」

「わかったわ」

プールの縁《ふち》をつかんで、身体を水に浮かせてバタ足をさせてみる。

……………なんか、最初からすげー上手いんですが。

腰は沈まず身体は水平を保ち、脚はしっかり伸びて足首が力強く水を蹴《け》る。

一分ほど続けさせたが、無駄に派手な水しぶきを立てることもなく、理想的な体勢をキープし続けた。

「お前バタ足上手いな……」

「こんなのに上手いとか下手ってあるの?」

素で言っているのだから困る。

「……あー、それじゃ次は縁じゃなくて俺の手を持ってくれ」

「ん」

素直に星奈《せな》は俺《おれ》の手を握った。

「それじゃ今と同じようにバタ足やって」

「ＯＫ」

星奈がバタ足を始める。

俺は星奈の手を引っ張って、ゆっくりと後ろ向きに歩く。

フォームが崩れることもなく星奈はバタ足を続けている。

「それじゃちょっと水に頭を沈めてやってみろ」

「ん」

これまた素直に指示に従い、星奈は水に頭を沈めた。

身体がより綺麗《きれい》な水平となる。

十秒ほどして息継ぎのため頭を上げ、それからまた沈める。

それを五回ほど繰り返したが、星奈のフォームはずっと完璧だった。

……これ、もう手離しても大丈夫かな……？

戸惑いつつ、俺は思いきって星奈の手を離して横に退いた。

星奈はそのままバタ足を続け、どんどん進んでいく。

ただのバタ足とは思えないくらい速かったので、俺は慌てて泳いで追いかける。

十メートルほど進んだとき、

「ふはあっ！」

星奈が頭を水上に出し、足をついた。

そして星奈は俺の方を振り向いて、笑った。

「あはっ、なあんだ！　泳ぐのって思ってたより全然簡単じゃないの！」

その笑顔はいつもの自信に満ちた高慢な笑みとは全然違う、まるで無邪気な子供のように屈託がないものだった。

「ん？　どしたの？」

「あ、いや、なんでもっ」

思わず見とれてしまったのを慌てて誤魔化した。

「よーし、次はクロールってやつを教えなさい小鷹《こだか》」

「あ、ああ、そうだな、まあ次はクロールが妥当か……」

練習開始からわずか十分でカナヅチからバタ足をマスターしてしまった星奈に驚きつつ、俺は頷《うなず》いた。

☺

その後、星奈はあっさりとクロールができるようになってしまった。

息継ぎのやり方に多少手こずったものの、三十分ほど練習したら俺《おれ》のクロールと比べても遜色《そんしょく》ないフォームになった。

バタ足とは比べものにならないくらいスピードが出るので、嬉《うれ》しそうにそのあたりを泳ぎ回る星奈《せな》。

そんな星奈に俺は思わず顔をほころばせた。

それから平泳ぎも教えた。

こちらはクロールより形になるのに時間がかかったが、その理由は俺が平泳ぎをあまり得意ではなく、教え方がよくわからなかったことが大きい。

しかしこれまた短時間で、普通にすいすい泳げるようになった。

もしかすると俺より平泳ぎのフォームは綺麗《きれい》かもしれない。

それから教わりもせずにいつの間にか背泳ぎまでできるようになり、

「よし小鷹《こだか》、次はバタフライとかいうのを教えて！」

笑顔で言う星奈。

「いや、バタフライは俺もやったことないから教え方わかんねえよ」

高校の授業でもバタフライまで教えるところはあまりないと思う。

「そうなの？　それじゃ仕方ないわね……」

少し残念そうに言って、

「まあいいわ。ちょっと疲れたからとりあえず上がりましょ。でもその前にあっちまで競争するわよ！」

「……！　いいだろう……！」

いくらなんでもほんの二時間前まで泳げなかったやつに負けるわけにはいかない。

そう思って俺《おれ》はクロールで挑み、どうにか勝った。

しかしガチで泳いだにもかかわらずほとんど差がつけられなかったのが、正直かなりショックだった。

☺

プールから上がったあと、売店で焼きそばや飲み物などを買って昼食にした。

かなり前に家族で行ったきりだったけど、海とかプールで食べる焼きそばは何故《なぜ》かやたらと美味《うま》い気がする。

この味の秘密をどうにかして盗めないものだろうか……。

「思ったより早く泳げるようになったし、目的は達成したわ。せっかくだから波のプールとかも行ってみましょうか。ウォータースライダーもやってみたいし」

大盛りの焼きそばにフランクフルト三本をぺろりと平らげ、上機嫌で星奈《せな》が言った。

「そうだな」

もそもそと焼きそばを食いながら頷《うなず》く俺。

……これ以上泳ぎの練習を続けられると追い越されてしまいそうなので個人的にもその方がありがたかった。

「ふふふ、これでいつ夏美《なつみ》が現れても大丈夫だわ」

現れねえよ。

「……ん……肉」

「なに？」

俺の呟《つぶや》きに星奈は即座に反応した。

「……え、いや、焼きそばの肉に固くて噛《か》み切《き》れないやつが入ってたんだけど」

「…………」

星奈は赤面して顔を背けた。

「紛らわしいこと言わないでよバカ」

「……つーかすっかり『肉』って呼び名が定着したよな。使ってるの夜空《よぞら》だけだけど」

「……そうね。あのバカ変なあだ名付けやがって……」

憮然《ぶぜん》とした顔をする星奈。

「その割にけっこうあっさり受け入れてた気がするんだが。最初から」

初めて夜空《よぞら》が星奈《せな》を『肉』呼ばわりした『モン狩』の日のことを思い出すと、星奈は夜空を罵《ののし》りつつも肉だの牛だのといった呼び名に対しては特に何の抵抗も示さなかった。

俺《おれ》が指摘すると、星奈は少し顔を赤くして小声で、

「……あだ名って初めてだったから」

「え？」

「……あ、あだ名を付けられたの初めてだったから、その、ちょっと……う、嬉《うれ》しくて」

星奈は顔を真っ赤にしてうつむいた。

「……う、嬉しい？」

「よ、夜空には絶対内緒だからね⁉　ていうかほら小鷹《こだか》、食べ終わったならさっさとプール行くわよ！」

顔を上げて星奈が言った。

「あ、ああわかった。……っと、その前にちょっとトイレ行ってくる」

「早くしなさいよ」

「おう」

軽く答え、俺はトイレに向かう。

……にしても、まさか『肉』って呼び方を喜んでいたとは思わなかった。

多分夜空的にはあだ名——親しみを込めた愛称——のつもりなど一切なく、１００％悪

口のつもりだと思うのだが、言わないでおいた方がいいのだろう……。

☺

場内は広いくせにトイレが少ないので、着くまでけっこう時間がかかった。

用をたしたあと手を洗い、しっかりシャワーを浴びて、星奈の待っている場所へと歩いていく。

星奈の姿が見え――

「……ん？」

俺は目を細める。

星奈は何やら三人組の男たちと話しているようだった。

全員髪を染めた、遠目から見てもなんというかチャラい印象がある連中だった。

どうやらナンパされているようだ。

モテるってのは本当だったんだな……と妙に感心してしまう。

まあ、男連れだと知ればナンパ男たちは立ち去るだろう。

特に心配もせず俺はのんびり星奈の方へ歩いていく。

だが、近づくにつれて少し様子がおかしいことに気づく。

星奈《せな》がなにかを言うたびに、男たちの雰囲気が見る間に険悪になっていくのだ。

……うわー、嫌な予感……。

あいつもしかして、モテるくせにナンパのあしらい方も知らないのか？

「……っ、てめっ、あんま調子乗んなよ!?」

声が聞こえるくらいの距離になって、男の怒声が耳に入った。

続いて、

「ハァ？　調子に乗ってんのはどっちよウザキモ生ゴミ野郎。あんたたちみたいなモブキャラ風情がこのあたしと対等に口を聞いていいとでも思ってんの？　ほら目障りだからさっさと消えなさいよ。ていうかあたしの半径十キロ以内に二度と近寄らないでよね三流菌が臭いから」

うわあ……。

怒濤《どとう》のごとく罵声《ばせい》を浴びせる星奈に、俺《おれ》は思わずこめかみを押さえた。

いつも夜空《よぞら》と口喧嘩《くちげんか》しては負けているのだが、星奈の口の悪さも相当なものだった。

強敵とやりあうことで経験値を積んでレベルアップしてる気もする。

当然、男たちの怒りのボルテージはどんどん上がる。

「ンの女ァ……！」「てめっ」「アマァ……ッ！」

「ふん、つーかさっきからなんなの？　コラァだの女ァだのてめぇだの、そんなワンパターンな反応ばっか。ボキャブラリー貧困すぎじゃない？　あ、ボキャブラリーなんて言われてもわかんないか英語だし！　こんなところでブラブラしてないでちゃんと小学校に行ってお勉強でもしてなさいよ類人猿ども」

「ざっけんなよコラ！」

「……おい待てよ、こいつ足震えてんじゃね？」

男の一人が指摘すると、星奈の顔が強張《こわば》った。

「うわ、マジだ」「なんだビビってたのか」

「は……はぁ!?　な、なに勘違いしてんのよ震えてるわけないでしょアンタたちみたいなサナダムシにどうしてこのあたしが！　顔と頭だけじゃなくて目まで悪いなんて人として終わってない？　あ、違うか人じゃなくて野生動物か！　そんなんじゃまともにエサも取ってこれないわよ!?」

「うっわー涙目だよこいつ」「おいおい泣かせちゃったよ」「ギャハハ、なんかムカついてたのがいきなり可愛く見えてきたんですけどー！」

「……このッ、だ、誰《だれ》が泣いてるってのよウジ虫以下の最下級生物！　脳みそ全部サナダ虫に食われて眼球が頭蓋骨《ずがいこつ》の中に落ちちゃったんじゃないの!?　ふざけたことばっか言ってるとブチ殺すわよ！」

涙目で怒鳴る星奈に男たちはますますゲラゲラと嘲笑《ちょうしょう》し、星奈は拳《こぶし》を握りしめてぷるぷると震えている。

……ったく、世話が焼ける。

俺《おれ》は仕方なく星奈《せな》たちに近づき、

「星奈」

男たちのうしろから星奈に声をかけた。

「あっ！」

星奈の顔がぱあっと明るくなる。

「ンだよてめえ――――、……ッ！」

男たちが振り返り、俺と目が合うと少し怯《ひる》んだ様子を見せた。

ふむ……見たところ俺たちとタメかちょっと年上くらいか。

「そいつの連れだけど」

あえて少し睨《にら》むような目つきとトーンを抑えた声で、『ちょっと怒ってる』感じを演出する。

「ンだよ男連れかよ」「ちっ、なら最初から言えってんだよ……」「……時間ムダにしちまった。行こうぜ」

白けた声で言う男たち。

ばつが悪そうな顔で俺から目を逸らし、この場から歩き去ろうとする。

……思ったよりあっさり引き下がってくれてよかった。

俺が安堵《あんど》した矢先、

「待ちなさいよこのウジ虫野郎ども！　よくもハエの幼虫の分際でこの神々《こうごう》しいあたしを侮辱《ぶじょく》してくれたわね！　地面に這《は》い蹲《つくば》って土下座の一つでもするのが筋ってものでしょうが！　それか可及的速やかに死ぬか！」

せっかくナンパ男たちが引いてくれたというのに、またしても火に油を注《そそ》ぐような真似をする星奈。

勘弁してくれよ……。

「てめえ！　やっちまうぞコラァッ！」

男の一人がついにキレて星奈につかみかかろうとした。

俺は慌ててそいつの腕を掴《つか》んで制止する。

「ッ！　放しやがれ！」

「暴力はよくないだろ」

「ざっけんな！　こんだけボロカスに言われて黙ってられるか！」

……まあ、ごもっともなんですけども。

「てめえは引っ込んでろ！」

別の男が俺に殴りかかってきたので、俺は腕を掴んでいた男を引っ張ってそちらにぶつけた。

「うおっ⁉」「うわっ⁉」

衝突して悲鳴を上げる二人。

さらに反対側から残りの一人が殴りかかってきたのでそのパンチをかわし、腕をとって後ろに回り捻《ひね》る。

「いでぇっ⁉」

それから近くの金網に男の身体を押しつけて、睨《にら》んでくる男の目を正面から睨み返し、なるべくドスの効いた声で告げる。

「ここは俺《おれ》に免じて引いてくれないかなあ……でないと……」

腕を掴《つか》んだ手に力を込め、笑った。

……甚《はなは》だ不本意なことだが、どうも俺は笑った顔が一番怖いらしいので。

「ひ……っ！　わ、わかった……引く、引くから！」

「わかってくれてありがとう」

戦意を喪失した男の拘束を解《と》き、強めに背中を押して仲間二人の方へ行かせる。

三人は忌々しそうにこちらをちらちら見ながら離れていった。

「ふう……」

ようやく本当に片がつき、俺は安堵《あんど》のため息を漏らす。

と、そこで星奈《せな》が声をかけてきた。

「ご苦労さん小鷹《こだか》。あんたヘタレヤンキーだと思ってたけど実は喧嘩《けんか》強かったのねー。褒《ほ》めてあげるわ感謝しなさい。ふふん、特別に足を舐《な》めてもいいわよ」

上機嫌の星奈。

「……まあ昔から学校の不良だとか上級生に絡まれることが多かったからな。そりゃ喧嘩慣れもするさ」

べつに慣れたくもなかったけど、見ず知らずの転校生なんて誰《だれ》も助けてくれないから自分の身は自分の力で守らなければならなかったのだ。

弱いと思われてはその後も標的にされ続けるから逃げるわけにもいかないし。

基本はハッタリで怯《ひる》ませての短期決戦で、ガチンコの殴り合いとかは苦手だけど。

「まったく身の程をわきまえてほしいものね。これだから頭の悪いやつは困るわ」

「あ……頭が悪いのはお前だ馬鹿《ばか》野郎ッ!!」

さっきナンパ男たちを威嚇するためにやったようなしょぼい演技ではなく、本気で声を荒げて俺は星奈を睨んだ。

「な、なによ……」

怯む星奈に俺は続ける。

「なんでわざわざ相手を挑発するんだよ！　ああいうのは連れがいるって言ったり適当に

スルーしておけば大抵はさっさと諦《あきら》めてくれるんだよ。あんまり強引だったらそのへんにいる警備員や監視員でも呼べばいいし。ちょっと声かけただけであんなボロクソ言われたら誰《だれ》でも怒るに決まってるだろうが！」

「だ、だって……あいつら気持ち悪かったから……」

「ナンパ目的のやつなんてどこにでもいるもんだ。それくらい知ってるだろ」

「な……なんなのよ小鷹《こだか》！　せっかくあたしが褒《ほ》めてあげたのにお説教!?」

涙目で怒鳴る星奈《せな》。

「そうだよ説教だよ！　あいつらは大人しいほうだったからよかったけど、世の中タチが悪いやつだってたくさんいるんだ。ここは隣人部《りんじんぶ》の部室じゃねえんだぞ。変なのに喧嘩《けんか》売ったら取り返しがつかないこともある。いつも俺《おれ》が守ってやれるわけじゃないし」

「うっさいわね！　そのときはそのときよ！　小鷹には関係ないでしょ！」


「関係ないわけねえだろ！」

睨《にら》む星奈の目を真正面から見返して俺は叫んだ。

知り合いが危ない目に遭うのを見過ごせるわけがないのに、まったくこのバカは。

「か、関係なくないって……」

何故《なぜ》か星奈は急に顔を真っ赤にした。

「……星奈？」

「あ……あーもう、悪かったわよ！　今度から気をつければいいんでしょ！」

強い眼差《まなざ》しで俺を睨み星奈は言った。

「ふん、助けてくれたことは感謝してあげるわ。それから……し、心配してくれたことも……。……同い年の男子にそんなふうに……本気で怒られたの初めて……」

「は？」

後半、うつむきがちで声も小さくてよく聞こえなかった。

「うっさい！　なんでもないわよ！　今日はもう帰る！　またあいつらと鉢合わせしたらイヤだしね！」

「え？　おい!?」

そっぽを向いてすたすたと出口の方に向かって歩き出す星奈を、俺は慌てて追った。

☺

帰りのバスの中、星奈は終始無言だった。

たまにちらちらこちらを見てくるのだが、目が合うとすぐにそっぽを向いてしまう。

どうやら完全に機嫌を損ねてしまったらしい。

しかしバスを降り、駅前で別れるときになって、

「きょ、今日はありがとうね。その…………いろいろと」

いきなり星奈《せな》が言った。

少し頬《ほお》を紅潮させながら、

「……また行きましょうね。流れるプールとか波のプールとかでも遊びたいし……」

「え、あ、ああ……」

「ん。そんじゃバイバイ」

早口で言って、星奈は踵《きびす》を返し駅前の駐輪場の方へ軽い足取りで行ってしまった。

…………。

……よくわからん……結局機嫌は直ったのか？

首を傾《かし》げながら、俺《おれ》は駅の中へと歩いていくのだった……。

昔のこと

星奈と二人でプールに行ったあと、久しぶりに泳いだので身体の疲れがなかなか抜けなかった。

運動不足かなあ……転校してきて以来、体育の時間に全力で運動することもあんまりなかったし（サッカーで全然ボールが回ってこないのだ）。

その翌日の月曜日は一日中眠くて仕方なくて、それでも授業中に爆睡しようものならまた不良生徒扱いされそうなので必死に起きて授業を聞いていた。

……たまに目が合った教師が怯《おび》えたような目をするのが気になったけど。

そんなこんなでようやく放課後になり部室に行ってソファにどっかり腰を下ろすと、猛烈な眠気が襲ってきた。

しかし慣れない場所で寝たから熟睡とはいかなかったようで、俺は夢を見た。

昨日プールで久しぶりに喧嘩《けんか》なんてものをしたせいか――昔の夢だった。

☺

見た目の印象とか転校を繰り返してきた境遇のせいもあって、遊び相手くらいならともかく心の底から気を許せる親友がまったくできない俺《おれ》だが、過去に一度だけ、親友と呼べる友達がいたことがある。

もう顔も名前もよく思い出せないその少年と出逢《であ》ったのは、十年ほど前——俺がこの街に住んでいたころのことだ。

ある日の夕暮れ——通っていた小学校のすぐ近くにある公園にて。

俺は、いじめられていた。

五人ほどの同級生が俺を取り囲み、殴ったり蹴《け》ったり石をぶつけたり、まあ小学一年の男子らしく直接的で後先考えず手加減もない、ただ純粋に攻撃衝動を満たして楽しむためだけの暴力を俺に浴びせる。

俺も最初は抵抗したものの、身体能力にそれほど差がない年齢だ。

能力が同じなら、基本的に数が多い方が勝つ。

一対五で俺が勝てる道理もなく、やられるがままになっていた。

もともと金髪で目つきが悪いから少しクラスで浮いていた俺だが、ある日俺がハーフだということを知らない教師に「その年で髪の毛を染めるなんてお前は不良か」と大勢の生徒が見ている前で叱《しか》られたのが決定的な引き金になった。

不良は悪い。

悪いやつは好きなだけいじめてもいい。

そんな幼稚な論理によって大義名分を得たつもりの子供たちは、ただでさえ僅《わず》かしかない良心の呵責《かしゃく》なしに、戦隊ヒーローやバトルアニメの必殺技名を叫びながら遠慮なく俺を袋だたきにする。

いっそ死んだふりでもすればこの暴力はやむのかもしれないが、こんな奴らに負けたくないという意地により何度倒れても俺は敵を睨《にら》みながら立ち上がる。

俺はもしかしたらこのままこいつらに殺されてしまうんじゃないか——前にテレビで見た『いじめを苦に自殺』とか『集団リンチで学生死亡』といったニュースのことを思い出し、子供ながらに本気で死を覚悟していたりした。

しかしそのとき、いきなり一人の少年がその場に乱入してきたのだ。

いじめっ子たちが口々に邪魔するなとか罵声《ばせい》を浴びせる。

その少年は俺をかばうように立ち、やつらに向かって叫んだ。

「弱いものいじめはやめろ!!」

気持ちよく正義マン気分に浸っていたところに水を差すその言葉に、俺《おれ》に暴力を振るっていた五人の子供は少年を『敵』と認識した。

いっせいに少年へと向かっていき、彼らの拳《こぶし》が少年をとらえる――その前に。

俺が全力でその少年の頬を殴った。

「!?」

俺の予想外の行動に、少年と五人の子供が一様に唖然《あぜん》とした顔をする。

「な、なにすんだよ助けてやろうとしたのに……」

俺は助けに入った少年を涙目で睨《にら》み、大声で叫んだ。

「俺は……『弱いもの』じゃない!!」

いじめっ子たちに浴びせられたどんな暴力よりも――少年が何気なく言ったその言葉こそが、俺にとって最も痛かったのだ。

少年は一瞬ぽかんとした顔をしたあと、不敵に笑って叫んだ。

「あはっ、上等だこの野郎!」

叫ぶと同時に、俺の頬《ほお》を思い切り殴ってきた。

そのパンチはいじめっ子たちのものとは比べものにならないくらい重くて痛かった。

俺は反撃する。

少年もさらに俺を殴る。

いつしか俺と少年は、いじめていた連中などそっちのけで取っ組み合いの喧嘩《けんか》を始めていた。

「む、無視すんじゃねえよてめえら！」

我に返ったいじめっ子の一人が俺たちに向かってきた。

「「邪魔するな！」」

俺と少年は絶妙なコンビネーションで、そいつに同時に蹴《け》りを食らわせた。

悲鳴を上げて倒れるいじめっ子A。

残りのいじめっ子たちも口々に罵声《ばせい》を放ちながら俺たちに向かってきた。

俺たちはいったん喧嘩を中断し、いじめっ子五人とそれぞれ戦った。

二対五、未だに多勢に無勢ではあった。

しかし自分のすぐそばでそいつが戦っているというだけで、信じられないほどの力が湧《わ》いてくる。

立ち上がるのも辛いくらいボロボロだった身体が急に軽くなった気がした。

そして大乱闘の末、俺たちはついに勝利した。

五人の子供たちはそれぞれ泣きながら逃げ去っていった。

しかし俺《おれ》にとってあんな連中はもうどうでもよかった。

向こうも俺と同じだったらしい。

やつらがいなくなったすぐあと、俺たちは再び取っ組み合いの大喧嘩《おおげんか》を繰り広げた。

勝負の決着は、つかなかった。

どちらも力尽きて、ぐったりと地面に仰向《あおむ》けに横たわる。

二人とも全身土まみれで擦《す》り傷《きず》や痣《あざ》だらけの酷い有様だった。


体中がめちゃくちゃ痛かったのに、俺はどういうわけか笑いながら少年の方を見た。

「なかなかやるな」

少年が凛々《りり》しい顔に純朴な笑顔を浮かべて俺を見返す。

「お前もな」

……そんなベタベタな青春漫画のようなやりとりを本当にやってしまった俺たちは、その日を境にその公園で会って遊ぶようになった。

小学校が違うので放課後しか一緒に過ごすことはできなかったが、俺にとってその少年は間違いなく世界で最も大切な親友だった。

いつだったか、そいつは俺に言った。


「タカ。オレの母さんが前に言ってた。一年生になったら、友達百人なんてできなくてもいいから、百人分大切にできるような本当の友達を作りなさいって。たった一人だけでもお互いのことを誰《だれ》よりも大切に思える本当の友達がいれば、きっと人生は輝かしいものになるだろうって」


……百人の友達よりも、百人分大切にできる本当の友達一人の方が価値がある。

いい言葉だと思った。

だから俺は言った。

「だったら俺は、＊＊のことを百人分大切にするよ。百人……いや、百万人でも百億万人でも、世界中が敵になっても、俺だけはお前の友達でいる」

するとそいつは顔を真っ赤にした。

「は、恥ずかしいこと言ってんじゃねーよ！」

「な、なんだよー！　そっちが先に言い出したんじゃんかよー！」

俺も恥ずかしくなって顔を赤くした。

それから、どちらからともなく笑い出した。

俺《おれ》たちは間違いなく、本当の友達だった。

あの頃《ころ》は本当に、心の底からそう思っていた――……。

☺

目が覚めると眩《まぶ》しい夕日が部室の窓から差し込んでいた。

向かい側のソファに夜空《よぞら》が座《すわ》って、いつもの不機嫌そうな顔で文庫本を読んでいる。

部屋には夜空の他《ほか》には誰《だれ》もいない。

「…………友達百人なんてできなくてもいいから、百人分大切にできるような本当の友達を作りなさい、か……」

頭がまだぼんやりしていて、なんとなく夢で昔の親友が言った言葉が口をついて出た。

その瞬間。

――ばさっ。

不意に夜空が、読んでいた本を床に落とした。

「……こ、小鷹《こだか》、覚え、……」

驚愕《きょうがく》の眼差《まなざ》しで俺《おれ》を見つめ、震える声で夜空《よぞら》が何やら呟《つぶや》いた。

夜空がここまで動揺を顕わにするなんて、俺が夜空と初めて会話したあの日——エア友達のトモちゃんと会話しているのを目撃してしまったとき以来ではないだろうか。

「……？　どうかしたのか？」

怪訝《けげん》に思って俺が尋ねると、夜空は慌てたように落ちた本を拾う。

「な、なんでもない……いきなり小鷹《こだか》が喋《しゃべ》るから驚いただけだ」

早口で言って、再び読書に戻ってしまった。

……その頬《ほお》は、夕日のせいだけでなく赤い気がした。

「驚かせて悪かったよ……。ところで星奈《せな》とか幸村《ゆきむら》は？」

「もう帰った。特にやることもなかったからな」

夜空は憮然《ぶぜん》として答えた。

「ふうん……」

時計を見ると、時刻はもう六時過ぎだった。

ずいぶん長い間寝ていたらしい。

「それじゃ俺も帰るわ」

「そうか」

俺は鞄《かばん》を手に取り立ち上がる。

微妙に首が痛かった。

部室を出て、俺はさっき見た夢の内容をぼんやりと思い出す。

十年前に別れたきりの、俺の親友。

あいつは、今どうしているのだろうか。

今もこの街に住んでいるのだろうか……。

あいつはどんな顔をしていたっけ。

なんて名前だっけ。

あいつは俺のことを『タカ』とあだ名で呼び、俺もあいつのことを、本名ではなくいつもあだ名で呼んでいた。

——だったら俺は、＊＊のことを百人分大切にするよ。百人……いや、百万人でも百億万人でも、世界中が敵になっても、俺だけはお前の友達でいる。

——＊＊のことを百人分大切にするよ。

……あのとき俺は、あいつのことをなんて呼んだんだっけ？

「…………ま、いいか」

どうせ昔のことだ。

向こうだって十年前のことなんて、きっと覚えてないだろうし。

あいつのことをこんなふうに思うようになるなんて、あの頃《ころ》の俺《おれ》にはきっと信じられないだろうな……。

大切な思い出も別れの悲しみも、時間とともに風化してしまう。

一生お互いを大切に思える友達なんて、本当にあり得るのだろうか。

一抹の寂しさを覚えながら、俺は礼拝堂《チャペル》を出て家路についた。

（終わり）

あとがき

はじめまして、あるいはお久しぶりです、平坂読《ひらさかよみ》です。

『僕は友達が少ない』、略称『はがない』（今考えた）、いかがだったでしょうか。

この小説は僕の友達の少なさやコミュニケーション能力の低さやネガティブな性格や人生経験の少なさや駄目な妄想癖《もうそうへき》を生かして書いた、かなり趣味的《しゅみてき》な作品です。

自分にとって最も読みやすいスタイルで、最も書きやすいスタイルで、最も好きなキャラ造形で、最も面白いと思うノリで、最も心地よい物語を書きました。

普段は「この作品にどのようなテーマやメッセージを込めるべきか」といった割とめんどくさいことを考えながら小説を書き、必要があれば心情的にはあまりやりたくない展開や人物を書いたり、逆に書きたいことであってもテーマにそぐわなければ書かなかったりするのですが、今回は本当に純粋に楽しく読めるものを書かせていただきました。

そんな作者の趣味全開の小説ですが、できれば自分以外の人にも面白がってもらえれば幸いです。どちらがよりこの作品を楽しめたか俺《おれ》と勝負だ！

ちなみにこの本の続きが出せるかどうかは売れゆき次第で、3巻くらいでサクっと終わるか長く続くことになるかも売れゆき次第なのですが、ひたすら苦労して書いた前作『ラノベ部』と違って今回は話の自由度が高いので、できればダラダラ続けてみたいです。

ちなみに『ラノベ部』もこの本と同じく日常系のショートストーリーですが、いろんな意味で『はがない』と正反対の作品になっています。特に隣人部《りんじんぶ》の連中と違ってメンバーがみんなリア充で仲良しなので、この本が面白かった人も面白くなかった人も、読み比べてみると面白いのではないかと思います。


最後に謝辞《しゃじ》です。

MF文庫Jの担当Kさんをはじめ、この小説を本という形で出版することに尽力《じんりょく》していただいた大勢の皆様に心の底から御礼申し上げます。特にイラスト担当のブリキさんには、自分が最もこの作品のイラストを担当してもらいたいと思っていた人に魅力的なイラストを描いてもらえて非常に感謝しています。

そして何よりこの本を買ってくださったあなたに、最大級のありがとうを。

あなたが友達が多いか少ないかはわかりませんが、友達が少なくても案外人生を楽しむことはできるし、ときにはこのようにマネーを稼ぐ役に立つことさえあるようです（生々しい話）。やたら悲観的な高校生だった十年前の自分にも、そう教えてあげたいです。

２００９年７月下旬　平坂読

MF文庫 J

僕は友達が少ない

発行	2009年 8月31日 初版第一刷発行 2011年 9月9日 第十八刷発行
著者	平坂読
発行人	三坂泰二
発行所	株式会社 メディアファクトリー 〒104-0061 東京都中央区銀座8-4-17
印刷・製本	株式会社廣済堂

Printed in Japan ISBN 978-4-8401-2879-7 C0193

【ファンレター、作品のご感想をお待ちしています】
あて先:〒150-0002 東京都渋谷区渋谷3-3-5 NBF渋谷イースト 株式会社メディアファクトリー MF文庫J編集部気付 「平坂読先生」係 「ブリキ先生」係

左記より本書に関するアンケートにご協力ください。

★お答えいただいた方全員に、この書籍で使用している画像の無料待ち受けプレゼント! ★サイトにアクセスする際や、登録・メール送信時にかかる通信費はご負担ください。 ★中学生以下の方は、保護者の方の了解を得てから回答してください。

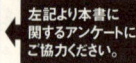

MF文庫

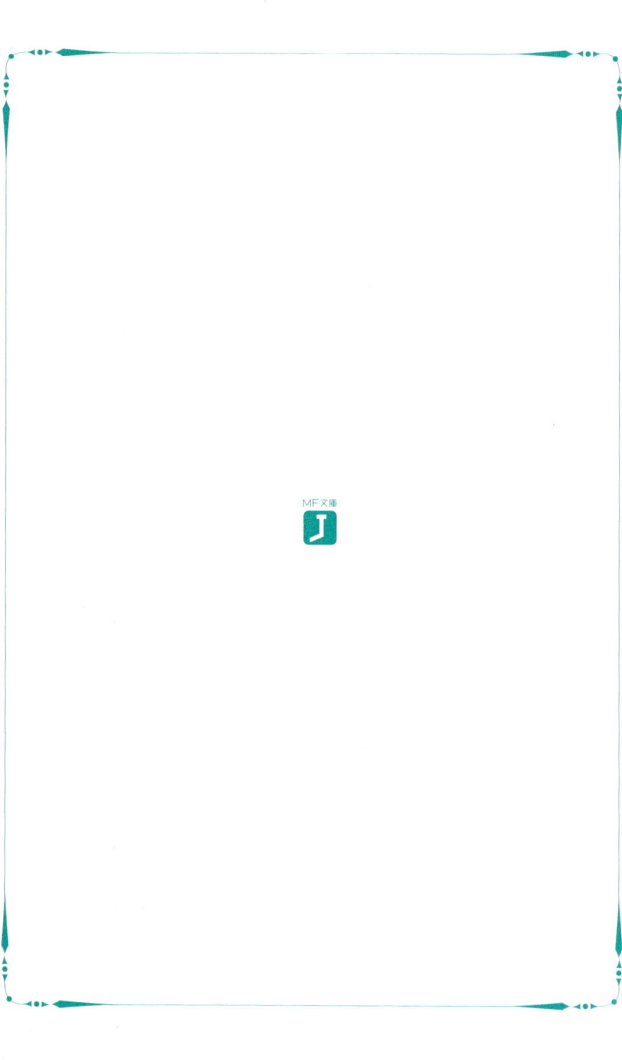